韓末의 新聞小說

韓末의 新聞小說

李 在 銑 譯註

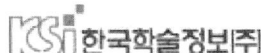
한국학술정보㈜

서 문

　한말(韓末) 또는 개화기(開化期)의 소설을 이해하거나 연구하는 데 있어서는 어차피 그때의 신문들에 주목하지 않을 수 없다. 그런데 이들 신문들을 대하기란 여간 힘겨운 일이 아니다. 그래서 사람들은 이를 기피해버린 나머지 한말의 소설들은 언제나 문학사의 그늘 속에 숨어버리고 만다. 당시의 거의 유일한 발표매개체인 신문을 방치해 두고 그때의 문학을 이해하려 한다는 것은 있을 수가 없는 일이다.

　이에 여기서 많은 사람들의 번거로운 수고를 덜어드리고자 그 일부나마 여기에 옮겨 놓는다. 물론 「신소설」이란 이름으로 각종 신간이나 문고들이 이때의 작품을 소개하고 있으나, 여기에 실리고 있는 것을 어느 하나도 그런 안이한 책들 속에 소개되어 있지 않은 작품들이란 것을 밝혀두고 직접 그때 신문들의 귀한 작품들을 발굴했음을 자부하고자 한다.

　여기에는 희학적인 기문(奇文)도 있고 칼날 같이 매서운 비판과 저항의 풍자소설도 있으며 문명 개화를 역설하고 있는 작품들도 있다. 『혈(血)의 누(淚)』하편과 같은 알지 못했던 작품도 있다. 이 작은 책자나마 한말 내지 개화기 문학을 이해하는 데 일조가 될 수 있다면 큰 보람으로 알고자 한다.

1975년 7월

이재선

차 례

제1부 한말(韓末)의 신문소설

제2부 작품편

제1부 한말(韓末)의 신문소설

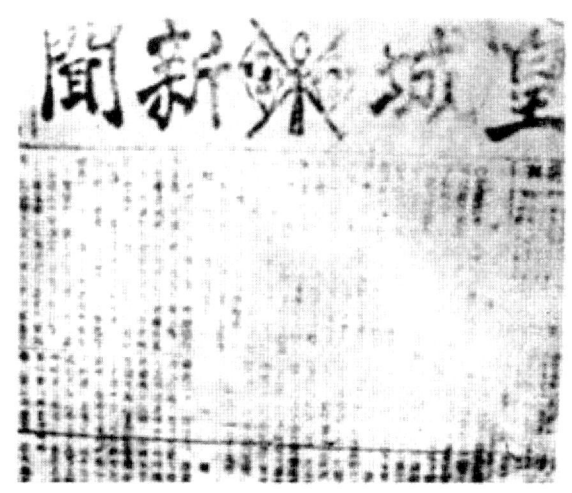

1. 한말의 신문과 소설

　사실의 보도뿐만 아니라 문명개화에의 계발, 교화기능 및 상업적인 광고기능마저 지니고 등장한 초기의 신문(민간신문)은 문학 내지는 소설의 발흥과도 깊은 연관을 가지고 있다.

　그래서 일본의 경우 유전천(柳田泉)은 명치 초기의 문학을 신문의 출현과 같이 관련지어서 다음과 같이 언급하고 있다.

　　명치사회에 있어서 신문이 출현한 것은 일본에 있어서의 둘도 없는 혁신적 사건인 것으로, 국가적 사회적으로는 물론 문학의 변화에서 이르더라도 시대의 문학혁신에 지나간 영향을 준 사건이다.

라고 하였으며, 중국의 경우에 있어서도 아영(阿英)은 소설발전의 요인의 첫째 항목으로 신문의 발간을 지적하고 있다.[1]

　이는 우리의 경우에서도 예외가 아닌 것이다. 1883년의 한성순보(漢城旬報)의 발간 이래 1910년의 국권피탈까지에 이르는 근 30년간에 실로 무수히 많은 신문이 발간되었던 것이다.

　이 가운데는 한국인이 발행자가 된 신문도 있었지만, 이들 신문이 소설을 게재한 것은 1903년 10월 1일 일인 고하송지조(古河松之助)에 의해 발간된 한성신보의 소설『목동애전(木東崖傳)』을 비롯하여 역시 일인 추곡주부(萩谷籌夫)에 의해 1904년 인천

---

1)　造成這空前的繁榮局面, 在事實上有些怎樣的原因呢　第一, 當然是由於印刷事業的發達, 沒有前此那樣刻書的困難;由於新聞事業的發達, 在應用上需要多量的生産.

에서 발간된 대한일보(大韓日報)의 소설 『관정제호록(灌頂醍醐錄)』 『일념홍(一念紅)』(일학산인 ― 一鶴散人) 『용함옥(龍含玉)』(금화산인 ― 金華山人) 『여영웅(女英雄)』(백운산인 ― 白雲山人) 및 국문 소설 『참마검(斬魔劍)』 『반혼향(返魂香)』 등의 발표와 중앙신보(中央新報)의 『명월기연(明月奇緣)』(한운 ― 漢雲) 및 대한매일신보(大韓每日申報)의 소설에서 시작하는 것이다. 따라서 1906년 7월 22일에서 동년 10월 10일까지 사이에 50회로 만세보(萬歲報)에 연재된 바 있는 『혈(血)의 누(淚)』 이전에도 이미 전기한 신문의 소설들이 이미 신문과의 관계를 맺고 있었던 것이다. 이와 같이 일인들에 의해 발간된 신문들이 먼저 소설을 실었다는 것은 신소설의 운명에 대해 매우 시사적이다.

신문과 소설의 양자 관계는 1903년부터 두드러진 이래로 줄곧 긴밀한 상호관련성을 갖고 있다. 『혈의 누』 등을 위시하여 대부분의 근대 이후의 소설이 거의 전적으로 이 신문을 매개로 하여 발표되었다는 사실만 보아도 이 실질적인 양자 관계를 간과해 버릴 수 없을 것이다. 말하자면 관보적 성격을 거쳐 개화의 수단으로 기능한 개화기 신문이 또한 소설의 발표와 전달에 가장 실질적인 관련을 갖고 있는 데다, 근대적 성격의 소설이 또한 모두 그러한 신문에 종사하는 사람들에 의해서 쓰여졌고, 또 신문에 게재되어 있다는 특수관계를 문학사의 정리에서는 결단코 등한시할 수 없을 것이다. 근대적 의식의 전달을 주요 의도로 하려는 신문에 막연하나마 근대적 문학의식이 응집할 수 있다는 것은 너무나 당연한 연대적 관계이기 때문이며, 또 상품광고 기능을 중시하는 일본 상인들이 신문의 오락성을 중시한 결과도 큰 것이다.

따라서 문학사가들은 이 신문의 발간의의에 대해서 일찍부터

의견을 전개하고 있었던 것이다. 도남(陶南) 조윤제(趙潤濟) 교수는 그의 『한국문학사』에서

　　신문과 잡지의 발행은 신문화 운동의 선구가 되고, 그것이 일반문화에 미치는 영향이 막대하였을 것을 여기서 논의할 필요도 없는 일이거니와, 또 특히 여기서 주목되고 또 놀랄 사실은 그들이 모두 국한문 혼용체의 국문을 써서 언문일치를 단행하고 있다는 사실이다.

라고 하여, 비교적 필자가 더듬어 보려는 소설과의 관련성 여부는 논급의 의의를 제시함에 소홀하면서도 언문일치란 문장병천의 의의만을 상당히 강조해서 평가하고 있다.

　그와는 달리 조연현(趙演鉉) 씨 같은 분은 문학「저널리즘」이란 자기류의 조어(造語)까지 제시하여 현재까지로는 가장 소상히 신문과 소설의 관계에까지 언급하고 있으며, 신문학 교수인 최준(崔埈) 씨도 또한 그의 『한국신문사』에서 다음과 같이 기술하고 있어, 이 양자의 관계를 더듬는 데 유력한 자료를 제시해 준다.

　　민간 신문은 한글 보급에 노력하는 동시에, 연재소설을 실어 신문소설의 길을 터놓았다. 즉 만세보는 처음으로 이인직(李人稙) 작의 『혈의 누』를 연재하여 신문연재소설의 첫 기록을 남겨놓았으며, 이어 대한매일신보가 1906년 2월 6일부터 소설 『청루의녀전(靑樓義女傳)』을 실었고, 다시 제국신국은 1907년 3월 20일부터 『허소승』(－이는 『許生傳』의 잘못임)을 연재하였다. 이것은 한글로 된 우리나라의 첫 연재소설들이다.

　이렇듯 신문이 언문 일치로 문장운동을 촉정함은 물론 여타의 다른 기업적 출판시설의 미비상태인 당시의 여건하에서 소설의 유일한 발표기관이 된다는 것은 너무나 당연했던 것이다.

그리하여 신문을 떠난 근대소설의 검증은 불가능하겠금 된 것이다.

그러나 그렇다고 해서 신문이 창간과 더불어 곧 소설의 연재를 착수했던 것은 아니다. 물론 만세보(1906)나, 중앙신보(中央新報)(1906)처럼 처음부터 소설을 게재한 경우도 있으나, 대부분의 신문이 거의 시기를 같이하여 얼마 뒤 지면의 확충을 계기로 하여 1906년 경 소설을 비로소 발표하였던 것이다. 따라서 소설과의 관계도 실로 이때(1906)부터 비롯되기 시작했다 할 것이다. 즉 황성신문(창간 1898)의 경우, 창간 당시의 3단제→4단제의 지면에서 비로소 소설 『신단공안(神斷公案)』이 게재되고 있으며, 그 뒤 융희 원년(1907) 8월 12일자(2,556호) 1면 3단에서 반아(槃阿)작의 소설 『몽조(夢潮)』가 동년 9월 17일자(2,584호)까지 24회 연재되고 있음을 볼 수 있다. 그리고 또한 영국인 배설(Ernest T. Bethell)이 사장이던 대한매일신보(창간 1905)에도 소설의 발표가 상당수 산견(散見)되는 것이다.

필자가 현재까지 조사한 바에 의하면 1906년 2월 6일자(제4권 138호) 3면 4단에 소설 『청루의녀전(靑樓義女傳)』이 시작하여 동년 2월 18일자(제4권 149호)까지에서 끝나고 있으며, 곧 이어서 1906년 2월 20일자(제4권 150호)부터는 3면 2단에서 다시 소설 『車거夫부誤오解해』가 실려 동년 3월 7일자(제4권 161호)에서 완결되고 있다. 이 밖에도 「소설」이란 명목을 붙이지는 않았으나 전기한 소설과는 유형을 같이하는 형태의 작품으로 간주할 수 있는 것으로 1905년 11월 17일자(제3권 79호) 3면 5단의 『소경과 앉은뱅이 문답』이 동년 12월 13일자(제3권 101호)까지 및 다음날(12월 14일자)부터는 『이태리국 아마치전』이 제3권 108호(12월 21일)까지, 기타 『鄕향老로訪방問문醫의生생이라』

등이 실려 있다.

제국신문(帝國新聞)[1898년 창간, 처음은 뎨국신문]에도 다음과 같은 소설이 발표되고 있다.『小쇼說셜』(1906년 9월 19일자 → 9월 21일자 3면), 『小소說셜』(1906년 9월 22일→23일 3면)을 위시하여 소설『정기급인(正己及人)』이 광무 10년(1906) 10월 11일자에서 동월 12일자까지, 『보응소소』가 10월 18일자에, 『견마충의(犬馬忠義)』가 10월 19일 및 20일에 2편이 연속적으로 발표되었고, 동년 10월 22일에는 소설『살신성인(殺身成人)』이 25일자까지 연재되고 있다. 이어 광무11년(1907) 3월 20일부터 4월 19일까지 25회에 걸쳐 소설『허생전(許生傳)』이 연재되고 있는데, 이는 연암(燕岩)의『허생전』의 번역작품이다.

그러나 특기할 것은 지면 판형의 확대와 더불어서 국초(菊初) 이인직(李人稙)의『혈의 누』하편이 1907년(광무 11년) 5월 17일부터 동년 6월 1일까지 사이에 11장으로 발표되었다는 점이다.

제국신문(광무 11년 5월 28일자)에 김상만(金相萬) 서보가『혈의 누』를 광고하는 가운데 「하편은 제국신문에 연재함」이라고 분명히 적고 있다. 다음으로 이 신문에 발표된 작품으로서는 동농(東農)의『고목화(枯木花)』가 동년 6월 5일부터 계속적으로 연재되고 있다.

한편 대한일보(大韓日報)[발행자 萩谷籌夫, 1904]에도 많은 소설이 발표되고 있다. 인천 각국 조계 제19호지 조선신보사에서 일인이 발행하던 이 신문은 광무 8년 12월에 서울로 이전하였는데, 비교적 소설을 일찍이 발표했다. 즉 광무 8년 12월 10일자 3면에서 동월 20일자까지 회장체로 된 소설『관정제호록(灌頂醍醐錄)』을 발표 연재하고 있으며, 1905년 6월 13일로부터의 판형의 확장 이후로는 일학산인(一鶴散人)의 회장체 소설『일넘홍

(一念紅)』을 1906년 1월 23일부터 동년 2월 18일자까지 16회로 이어지고, 또 그 다음으로는 금화산인(金華散人)의 『용함옥(龍含玉)』이, 또한 백운산인(白雲散人)의 『여영웅(女英雄)』이 동년 4월 5일부터 연재되었다. 뿐만 아니라 동년 4월 18일부터 동월 26일 사이에는 국문소설 『참마검(斬魔劒)』이, 그리고 동년 4월 27일부터는 장편 국문소설인 『반혼향(返魂香)』이 계속 연재되고 있다. 그리고 잡지적 성격을 지닌 신문인 조양보(朝陽報)는 광무 10년 7월 10일자 제2호부터 소설 『비스마룩구 청화(淸話)』를 계속 연재하고 있음을 볼 수 있다.

더구나 이상에 든 신문들보다 얼마 뒤에 진주에서 나온 우리나라 최초의 지방지라 일컫는 경남일보(慶南日報)[창간 1909]를 보면, 현재까지 전혀 학계가 언급한 바 없는 신소설 작가의 신소설이 계속해서 연재가 되고 있는 사실과 신문사가 특별히 소설 집필을 전문으로 하는 소설기자를 두고 있었다는 증거를 제시케 해준다는 것이다. 즉 경남일보는 1912년 11월 25일자(378호)부터 『박영운(朴永運) 작 애락소설(哀樂小說)』의 명칭으로 『옥련당(玉蓮堂)』이, 그리고 동년 11월 25일자(516호)부터는 동일 작가의 윤리소설 『금산월(金山月)』이, 1913년 2월 11일자부터는 다시 박영운 작 신소설 『부벽완월(浮碧翫月)』을 연재하고 있음은 물론, 「단편소설」이란 명목의 『물뱀과 벌의 동맹』이 있어 단편소설의 명칭이 벌써 기존했음을 보여준다.

또한 앞서 말했듯이 경남일보의 전속 소설기자 제도가 있었다는 것은 전기(前記)한 소설의 작가 박영운(朴永運)이란 작가 앞에 항상 「기자」란 직분이 명기된 데다, 다음과 같은 광고를 통해서도 명확한 사실을 입증할 수 있는 것이다. 이는 「본지 소설 『금산월』기재예고」란 「타이틀」 아래서의 박영운의 광고이다.

소설 『옥련당』은 범 전국 상하 가정 기타 각반사회에서 본보를 애독하시는 첨위(僉位)의 지식을 증장하며 흥미를 방조하야 도처에 본보를 환영하는 일조가 됨은 비단 애독자급 본사에 위행이라. 본 기자의 영행다감하오며, 금반 본서 상하권의 기재가 기위종료이기에 행장본지 소설란에 게재를 위하여 본 기자가 다년애독하던 바 아(我) 조선 근고역사중 최실최미(最實最美)한 자 일편 상하권 언문(諺文)소설로 기재하야 제위공안에 공(供)코자 하오니, 기명즉(其名則) 『금산월(金山月)』이오, 기의즉 가정사이나, 기중 포함사항이 국무지흥체(國務之興替)와 가정 양부와 기차군공학사(其次軍功學事) 등 실적이 다재하고, 범 시모고부(媤母姑婦)간과 일부지간에 상애상투하는 정형과 음부흉한(淫婦凶漢)의 선악현우지별과 효우예양의 고상 청범한 지기와 충용의분의 모범적 품성과 간사패악한 불칙자(不則者)의 심술을 소연노저(昭然露著)하야, 본기자의 저술한 수십권 소설 중 최(最)히 제왕의 위를 점한 바, 본보를 특애하며, 소설을 애중하는 제군고안(諸君高眼)에 공노하오니, 일호도 누락치 물(勿)하고 자두지미를 접속세상하야, 본 기자의 노심진력하는 일편고성을 물부(勿負)하심을 절망(切望)하압. 소설기자 박영운 예고(預告).

그런데 이렇듯 개화기 신문에 산견되는 소설들이 1907년 이후의 『몽조(夢潮)』와 경남일보, 대한일보의 경우를 제외하고는 작자 무서명(無署名)이란 점에 한 공통적인 특성을 갖고 있다 할 것이다. 이 점에 있어서는 이 시기의 문학은 작자라는 「독립된 직능자에 의해서 생산되고 발표되어진 것이 아니라, 전적으로 저널리즘의 필요에 의해서 저널리즘 자신이 직접 생산 발표해 왔다는 의미가 있다」는 조(趙)씨의 추론은 정확한 것이고, 또한 경남일보의 경우도 전문적 직업적 작가와는 별개의 직능적 존재를 완전히 인정할 수는 없다는 것을 알 수 있다. 그러나 조연현 씨가 요점적으로 이러한 무서명 소설에다 내린 진단에는 다소의 무리와 비약이 없지 않을 것이다. 즉 그는 무서명 소설의 특징을 들어,

① 제재의 과거세계

② 문장의 반율문적 산문적 설화체

③ 구성의 진행적 줄거리 연결

④ 주제의 권선징악성

⑤ 창작이 아닌 기존 이야기

⑥ 근대적 감각이나 사상의 반영이 없음

⑦ 독립된 전문적 직업적 작가의 작품이 아님

⑧ 소설과 기사와의 미분리

등으로 제시하고 있으나, 여기에 대해서는 이의가 제시될 수 있으나, 어쨌든 이조소설에서는 다소의 변모가 있음이 사실이다.

다음으로 단편적이나마 개화기 신문의 문학관 내지 소설관을 잠시 더듬어 보려한다. 전술했듯이 소설작가와는 독립된 직능이 없었음은 물론, 형성기의 한국의 신문 그 자체가 근대적 체제를 완전히는 구비하지 못한 관계상, 특별히 문학관이나 소설관 자체가 전개되었다고 보기는 어렵다. 그러나 신문관계를 중심으로 한 당시의 지식계층들이 소설을 어떻게 보았으며, 또 소설의 사회적 사명감을 어떻게 보았는가 하는 문제는 한 시대의 독자적 성격을 규명함에 필요할 것이다. 이러한 성격을 더듬어 볼 수 있는 자료는 희귀하지만, 1908년 11월 8일(제949호) 1면에 게재된 대한매일신보 논설 「연극계지이인직(演劇界之李人稙)」과 같은 것이 그 대표적인 문학이 아닐까 한다. 이 논설을 전재해 본다면 다음과 같다.

　　한국 기백년내로 『춘향가』 『심청전』 『흥부가』 『화용도』 등의 음탕적 황괴적 연극을 금일에 지(至)하여 이인직씨가 비(臂)하고 개량을 자담하였도다. 금일에 지하여 이인직씨가 목(目)을 진(瞋)하고 개량을 자기(自期)하였도다. 오호라, 연극의 개량은 오배(吾輩)도 증왕(曾往)의 절규한 바이라. 차를 개량하여야 국민의 순수한 덕성을 도주(陶鑄)할지며, 차를 개량하여야 국민의 고상한 감정을 고취할지라. 시이(是以)로 일반유심인이 막부왈(莫不曰) 연극개량, 연극개량하던 차에, 이인직씨가 원각사를 설하고 연극을 개량한다 하기에 이(耳)를 경하여 왈, 금일 연극에는 동국선민의 우온달(溫達)·을지문덕을 앙첨(仰瞻)할까 하더니, 차호(嗟乎) 이재(異哉)라, 의구시 월매(月梅)의 마녀성(罵女聲)만 니남(尼喃)하며, 명일(明日) 연극에는 태서(泰西) 근대의 화성돈(華盛頓) 나파윤(拿破倫)을 쾌관(快觀)할까 하더니, 차호, 쾌재라. 의구시 놀보의 투제어(妬弟語)만 난만하며, 연즉 우명일에나 충의 의부 혹 괴남(怪男) 열협(烈俠)의 역사를 일문할까. 신세계 모험적 인물을 일견할까 하더니, 오호라 의구시(依舊是) 『춘향가』뿐 『화용도』뿐이로다.

　오호라, 이인직씨여, 군의 구를 의하면 개량이 기구(己久)하나, 중인의 안(眼)으로 착(着)하면 개량이 도무하니, 오호라 이인직씨여, 개민(蓋氏)의 심복은 노인(路人)이 개지(皆知)한 바이라. 씨가 기왕 일본유학하던 시에 대단히 소설에 유의하여 거연(遽然)히 한국내 제일등 소설가로 자명(自命)하는 자이니, 피(彼)가 만일 사회급 국가에 대하여 일반분 공익상의 사상이 유할진대, 『나빈손(羅賓孫) 표류기』와 여(如)한 기문을 역하여 국민의 모험심을 발발함도 가하거늘, 금야(今也)에 불연(不然)하여 괴(彼)도 불위하며 차도 불위하고, 지시모리적(只是牟利的) 기견(起見)으로 위첩(爲妾)변호의 『귀의 성』과 여(如)한 소설을 저(著)하야 사회상의 도덕만 파괴하며, 독자 제군을 미도(媚倒)하고, 책가 기백환으로 기하저비(其下箸費)만 충(充)하였도다. 오배(吾輩)가 차일절(此壹節)을 추하여 이인직씨의 오장을 통견(洞見)한 바니, 피(彼)가 연극개량의 명(名)을 차(借)하여 차등 얼업조출(蘖業造出)함을 우하족괴(又何足怪)리오만은, 금야에 우일가경(又壹可驚)할 사(事)는 즉해(卽該)씨가 연극시찰사로 일본에 도왕하였다 하니, 희(噫)라 기(其) 마술이 유장(愈長)하여 익익(益益)히 기(其)씨 기괴 황탄 음탕적의 연극으로 국민의 심지를 탕(蕩)하면 기해(其害)가 기소할까. 오호라 씨여, 작얼(作蘖)이사심(已深)귀날 우하양화갱(又何樣禍坑)을 조(造)하여 동포에게 유독(流毒)코자 하는지, 서적을 저포하든지, 연극을 설행하든지, 사민(斯民)의 이됨과 해됨은 불문하고 단지 지폐 백천환만 자가수중에 화하면 차(此)를 위하여 가(歌)하며, 차를 위하여 무하는 이인직씨여, 해외에 유람하여 문명신공기를 흡흡(吸吸)한 인(人)의 심법(心法)이 내지(乃地)에 지(止)한가, 희희(噫噫)라.

이것은 그대로 소박한 당시 사회의 지식계층의 연극관이고 소설 효용론(効用論)이며, 또한 문예비평이다. 여기서 연극 누습의 개량을 주장한 것은 차치한다 하더라도 신소설의 가장 대가인 이인직에 가하는 비평은 그대로 기소장이 방불할 정도로 신랄함을 볼 수 있다. 뿐만 아니라 후세 문학사에게는 대표적 정평이 있는 그의 『귀의 성』이 위첩변호(爲妾辯護)와 영리적 의도 및 사회적 도덕의 파괴란 엄청난 공박을 받고 있음도 사실이다. 한데 그러면서도 당시의 신문 광고란은 가정소설 『귀의 성』에 대해서 다음과 같은 문안을 나열하고 있어, 실로 묘하게 「아이러니칼」한 대조적 상반관계를 보여주고 있다.

　본 소설은 저자가 아(我) 한국 가정사회의 풍화부패함을 통개하여 일부 풍자적 소설로 주인공 김승지(金承知) 부인을 가탁하여 기(其)소실 강랑(姜娘)이 기 부인의 투기악행으로 흉비(凶婢)의 손에 암살을 조(遭)함과 기부 인급 흉복이 강랑 생부에게 복수의 참상을 반수하던 사실을 상세 저술하여, 유첩복첩의 남자와 질투악습의 부인과 뇌덕초서(賴德招婿)의 우부와 탐재살인의 간비(奸婢)를 일체 경계함이오, 기 비분상쾌한 전편 취의가 가사(可使) 독자로 애완의 비류를 자류(自流)케 하며, 칭쾌(稱快)의 규성을 불각(不覺)케 할지니, 독자제군은 필시일독하시라. 가정이면에 비풍패속(鄙風敗俗)을 감계(鑑戒)할지어라.

물론 이때는 벌써 신문에의 완전한 예속으로부터 문학이 독자적 성격을 어느 정도 표시하려는 1906년 7월 이인직의 『혈의 누』 다음이오, 또 기업적 성격을 띤 출판사의 존재가 현저해진 결과이긴 하나, 어쨌든 여기서부터 벌써 소설발표는 신문만을 매개로 하지는 않게 된 것이다. 그리하여 이러한 대조적 현상에서 소설을 에워싼 신문의 민중개화정신과 출판사의 두드러진 기업정신과는 적잖은 긴장관계가 비롯했음을 더듬어 볼 수가 있다. 따라서 새로운 것에 쏠리는 기업적 출판 「저널리즘」과는 달리, 신문은 소설을 어디까지나 차원 높은 예술적 의도보다는 공익적 사상의 가능성을 가진 한 수단으로 평가하려 했던 것이다.

그러므로 『귀의 성』 같은 신소설보다는 「디포오」의 『로빈슨 크루소오[羅賓孫 표류기]』나 기타 『쟌 다르크[若安貞德救國傳]』따위를 소설의 지고한 가치로 알았으며, 그리하여 소설은 국민의 모험심과 애국심을 구조해야 한다는 지극히 공리적 목적을 가지고 있어야 한다는 것이 주제적 주장이요 논리다. 물론 신문이 이렇듯 소설을 하나의 독자적 성격으로 정립시키지 못한 데는 그만한 충분한 필연성과 이유가 있다. 그것은 사회와 문명개화를 스스로 자임한다는 그들 지식계급의 사람들이 접할 수 있는 외국의 새로운 서책들이 고작 서양 정치가들의 전기가 아니면 국가의 흥망사를 기조로 둔 것이 대부분이오, 또한 바야흐로 기울어져 가는 국운(國運)이라는 엄연한 시대적 상황이라, 그네들의 정신구조상에는 절박한 국권사상의 절대적인 작용력을 미치고 있었기 때문이다. 이러한 시대성을 배제해 놓고 소설을 생각할 수 없는 것이다.

아국의 서책이 한우충동(汗牛充棟)하여 『성경현전』 이외에도 천하의 유문고사가 필집(畢集)치 아닌 자이 무하되, 유독 시문(時文)이 부족하여 관인과 백성이 세계의 형편과 교제의 본지(本旨)를 명달치 못하는고로, 외인을 대함이 정저와(井底蛙)를 면치 못하야……

요컨대 대한매일신보는 오로지 올바른 언론자유와 조국에의 국권 수호로 항일 투쟁을 하기 위해 나타난 신문이었다.

이러한 제반 이유들이 바로 소설의 공리성을 부정하고 독자성을 배태시킬 수 없는 시대의 당연한 귀결을 가져 왔으리라.

그러나 이인직의 작가의식적 정신구조가 과연 우리가 평가해 놓은 강한 주체의식 위에만 서 있었던가를 생각해 볼 여지를 충분히 주고 있다고 본다. 내가 보기로는 그는 국권의식보다는 풍속개량 위주다.

어쨌든 개화기 신문의 소설은 엄격한 의미에 있어서 하나의 소설이라기보다는 구체화하지 못한 신시대의 이념으로서의 개화의식과 국권의식의 소설적 해설이며, 그러한 운동에의 자극적 역활로 의식한 데서 비롯되었으리라는 점에서 문학사적 측면에서는 중요한 자료이다. 그러나 일인(日人)에 의해 발간된 신문은 이와 다른 차원에서도 살펴져야 할 것이다.

2. 황성신문(皇城新聞)의 소설

황성신문의 창간은 광무 2년(1898)이지만, 소설이 연재된 것은 전술한 바처럼 연재된 1906년 5월부터의 『신단공안』이 그 출발인 것이다. 황성신문은 개화 혁신을 위한 문화사업으로 『법국혁신전사(法國革新戰史)』(30전), 『파란전사(波蘭戰史)』(25전), 『미국독립사』(28전) 등의 번역간행은 물론, 『삼국유사』 『고려도경』 『연려실기술(燃藜室記述)』 『지지(地誌)』 『동경지(東京誌)』 『팔역지(八域誌)』 『성호사설(星湖僿説)』 『반계수록(磻溪隨録)』 등의 고전의 교정 발간의 계획과,

> 금일 개민지지제일착(開民知之第一着)은 막선어역서(莫先於譯書)라. 상즉(上則) 교육주권자가 설역서지면(設譯書之面)하여 양독서지인(養讀書之人)하고, 장역서지업(奬譯書之業)하고, 하즉(下則) 사회유지자가 창역서지사(創譯書之事)하며 정역이무조역(精譯而無租譯)하고, 급역이무완역(急譯而無緩譯)하여 제아민어문명(躋我民於文明)케 함을 절절시시야(切切是視也)하노라.

와 같은 외적역출(外籍譯出)을 역설한 논설 등으로 획기적이고 독특한 문화적 성격을 갖고 있으나, 정작 게재된 소설을 두고 볼 때는 빈곤상태를 면하지 못하고 있는 것이다. 요컨대 양에 있어서도 그렇지만 새로운 예술적 이념으로서의 서사정신의 희박성보다도, 전통적인 이조소설이 투영하는 구조적 의식의 가치가 계속 강화·변형되는 역사적 의식의 빈곤부터 생각해 볼 수 있는 것이다.

(1) 『신단공안(神斷公案)』

황성신문에 연재된 최초의 소설은 「소설」로 기명된 무서명의 재판소설이라 할 수 있는 『신단공안』이다. 형식상으로 보아 「홈니버스」적 회장체 소설로 매회의 말미에는 「계항패사(桂巷稗史)」씨와 「청천자(聽泉子)」의 해설이 첨가되어 있는 공안류소설이다. 그리고 내용을 보아도 전연 창작적인 「스토리」가 아니고 과거에 실제로 일어난 사건과 또 이에 관련된 재판사건을 일화적 서술형식으로 재현시키고 있는 데다, 국한문혼용체이나 한자가 오히려 위주다. 이는 매 회장마다의 표제에서도 잘 나타나고 있다.[2]

여기서 각 회장의 배경과 등장 인물이 「경상도 진주부 성내에 일개 사족이 유하니, 성은 허이요 명은 헌이니……」 또는 「전라도 진안군에 유일개수재(有一個秀才)하니, 성은 송(宋)이오 명은 지환(之煥)이오」로 이 땅으로 규정되어 있는 것이 특유하다면 할 뿐, 권선징악의 입장을 고수하면서 잡보적 사건의 추이를 표면적으로 서술해놓고 있다. 그리고 일회의 경우만 보더라도 결미는 다음과 같은 해설로 끝나고 있다. 또 패사란 용어의 비소멸 상태를 볼 수 있다.[3]

여기 구태여 그 내용을 검토할 여지는 관심있는 다른 연구자에게 미루어 두지만, 다만 민의에 통달함으로써 정사를 선도한

---

2) 제1회 美人竟拚一命 貞男誓不再娶
　　제2회 老大郎君遊學 慈悲觀音托夢
　　제3회 慈母泣斷孝女頭 惡僧難逃明官手
　　제4회 仁鴻變瑞鳳 浪士勝明官
　　제5회 妖經客設齊成奸 能獄吏具棺招供
　　제6회 踐私約頑竟逞凶 借神語明官捉奸
　　제7회 癡生員驅家葬龍宮 蠢好兒倚樓驚惡夢
3) 桂巷稗史氏曰, 河氏之金節也와 許生之全義에 可謂婦烈夫貞의 兩盡其道로되, 彼 李琯은 何人也오, 國史妖譜에 其名이 倪佚不載하니 惜哉라.

후에 세상을 편안케 한다는[所以通達民意 宣導政事以後 一代太平之治]의 황성신문의 성격과 부합되되 패사의 일종으로 본다든가, 중국문학에의 비교문학적인 영향으로 봄이 타당할 것이다. 그러나 여기서 군이 언급하고 싶은 바는 그 문장양식의 문제다. 표현형식의 개혁은 전혀 없는 것이다.

이와 같이 『신단공안』에는 그 문체에 있어서 한문체가 주고 국문체 문장은 부차적(副次的)으로 작용하는 한주국종(漢主國從)에서 조금 탈피하지 못한 한문체라는 것이다. 물론 이것은 「특히 기성(箕聖)의 유전(遺傳)하신 문자와 선왕의 창조하신 문자로 병행」한다는 황성신문의 방책이 그대로 작용한 증거이겠으나, 그 결과는 오히려 언어표현 양식에 있어서 이전의 이조소설에서 훨씬 퇴행(退行)하는 한문체로 머물러 버림으로써 소설사에 있어서 계승 발전에 획기적인 경계구분을 할 확정성은 어디에도 없다는 것이다.

그러면서도 이 작품에 대해서 일편의 언급만이라도 하는 것은, 이것은 어떤 의미에 있어서는 비교적 소설이 망각되고 있던 시대에 이같은 중국식 재판 소설이나마 게재함으로써 부패한 관료의 이도(吏道)에 자극을 주고, 다음에 언급할 대한매일신보와 함께 신소설의 출현을 준비하는 한 외적 요인으로서의 「모티브」가 될 수 있게 되었다는 점이다. 그것은 같은 해 만세보(萬歲報)에 이인직의 『혈의 누』가 비로소 발표됨은 물론, 그 이듬해(1907) 7월부터는 이 황성신문조차도 종래의 국한문 혼용의 의도를 지양하고 소설만은 순 국문으로 표기하는 데다 근대적 감각이나 사상이 반영된 『몽조(夢潮)』와 같은 작품을 「반아(槃阿)」라는 필명기재의 독립적 작가를 내세울 만큼 발전시켰기 때문이다.

(2) 『몽조(夢朝)』

그러나 엄격히 소설을 두고 황성신문을 운위한다면, 그 2,556호(대한 융희 원년 8월 12일자)의 『몽조』의 경우이다. 따라서 이 신문은 신소설과의 유연관계를 가진 소설적 형태의 발표란 매개적 성격을 가지게 된 것은 대한매일신보나 만세보에 다소 뒤진다고 할 수 있다. 즉 황성신문에 소설 『몽조』가 실리고 있었을 때는, 이미 만세보는 폐간된 뒤요, 또 이인직의 『귀의 성』이 중앙서관(中央書館)에서 책자로 발행된 바로 뒤다. 그러면서도 이 『몽조』는 우리나라 신소설의 가치적 측면에 있어서 『혈의 누』 『귀의 성』과 함께 신소설 초기작품의 한 특수한 유형으로 배려되어야 할 것으로 안다. 다만 현재까지의 연구조사로서도 작자인 「반아(槃阿)」의 본명을 확증하지는 못했음이 유감이다.

이 『몽조』는 『혈의 누』가 50회에 걸치는 연재소설임에 비해서, 24회로 되어 있어서 짧은 작품이기는 하나, 제재(題材) 자체가 현실세계에 고착되어 있고, 『혈의 누』가 매우 많이 친일 사상을 그 배경으로 한 데 비해서, 그러한 두드러진 성격과 색채를 가지지는 않고, 사회개혁주의자의 사형(死刑)과 그로 인한 그 가정의 수난을 다룬 작품이오, 기독교 전도사가 등장하는 등 이색적인 작품이다. 이제 그 개요를 적으면 다음과 같다.

여름날 늦게 사형이 집행된 한대흥(韓大興) 씨댁에 집행 전 함께 옥고를 치르던 동료 박주사(朴主事)가 방문을 한다. 박주사는 한씨의 유서를 전하려 온 것이다. 남편의 유서를 보자 부인은 놀라서 기절을 한다. 본래 남편 한대흥은 해외(일본)유학을 한 개화주의자로서, 돌아와 사회 개량과 정치개혁을 부르짖다가 옥에 갇힌 바 되어, 끝내 사형을 당하고, 그 부인으로 볼 것 같으면 계모 슬하에서 자라 이 한씨와 결혼해서 아들 딸 둘을 낳아 알뜰히 남편 뒷바라지를 해온 터였는데, 끝내 이같은 변을 당한 것이다.

개학이 되어 그 아들 중남이가 다시 학교로 연설하러 온 박주사를 보게 되고, 그날 박주사가 다시 방문한다. 그때 박주사는 생활비를 가져온 것이다. 부인은 그 돈으로 철부지요 말썽꾸러기인 아들 중남이를 깨우치며 고생스럽게 살아가는데, 어느덧 추석이 되어 아들을 데리고 남편 산소로 성묘를 간다. 거기서 다시 아들을 돌보는 박주사를 만나게 되고…… 산소를 다녀온 후 더욱 울적한 부인에게 정동교회의 여전도사가 찾아와서 성경책을 주고 간다. 그 뒤부터는 전도사의 유창한 설교에 점차 관심을 갖게 된다. 그리고 마지막 24회 분에서는 이조소설적 해설에 해당하는 작가 개입으로 이야기는 일단 종결되는 것이다.

이상의 대강에서 보면, 『몽조』는 그 구조적 특성에 있어서 그 이전에 나온 『혈의 누』와 『귀의 성』에 비견할 바는 못 된다. 행동의 이원적 세계란 양극성(兩極性)이 부족하고, 극적인 갈등 내지는 긴장이나 복합성도 없이 평면적이고 직선적인 전개로 일관하고 있는 데다 인물들의 개성적인 성격이 훨씬 거세되고 있다.

이러한 소설로서의 근본적인 약점을 갖고 있으면서도 문제가 되는 것은, 그것이 사회소설로서의 비판적 입장을 갖고서 개화혁신단체인 독립협회의 「멤버」를 「모델」로 한듯한 경국제세형 (經國濟世型) 주인공의 억울한 사형으로 인한 그 가족들의 참상을 들고 옹호하며, 은연중 당시의 기회주의적 이기주의적의 사회풍조를 폭로하고자 함에 있다. 마지막 회의 해설은 다분히 그런 비판적 요소를 갖고 있다.

세상의 풍조를 불어오는대로 동으로 불면 동으로 구부러지고, 서으로 불면 서으로 구부러저 물결쳐오는대로 바람 불어오는대로 수양버드나무같이, 물 위에 떠 있는 나무 잎새같이 되는 대로 모지는 일과 목적 있고 주지 있는 일은 아무쪼록 되도록 살살살 피하면서 날 찾거든 나 없다고 눈 가리고 등꼬부리고 이도령 어사 출도할 제 운봉 영장의 체격(體格)으로 무슨 일이든지 있을 때에 죽어가는 형용이라도 그려 피하는 사람은 이 세상에 으뜸가는 제일류(第一流)의 행복가(幸福家)가 되어 드나 나나 부귀(富貴)가 쌍전하여, 집안에 들고 보면 재물은 어떻든지 살살살 남의 눈을 기구라도 해마다 계량할 만한 논밭 전지는 물길 좋고 가져오기 편한 곳에 장만하여 놓고, 첩 두고 줄통 빼고 큰 체하고 배 문지르고 크게 트림하며 집에 나고 보면 사린교 장도교에 외임 아니면 내직으로 장때 같은 긴 담뱃대 먹사리 같은 큰 쌈지와 요강망태 갖추어서 전후 좌우에 오륙인이 지나는 하인을 거느리고 교자 속에 앉은 것이 나무로 만들어 놓은 목상(木像)같이 꾸부렁 꼿꼿하게 앉아 힘없이 들을 수 없는 것 같은 손을 들어 득득연(得得然)한 모양으로 수염을 어루만지면서 이 세상에 날 만한 사람은 또다시 없으려니 하는 행복가가 되고, 그 다음 행복가는 시비선악(是非善惡) 구별 없이 미친 체하고 떡고리짝에 엎드려지는 격으로 예도 덥적 제도 덥적 물덤벙, 술덤벙 크나 적으나 굵으나 가느나 나에게 이되는 일만 있고 보면 그 사람은 상전으로 알고 네네 하지마는, 그 사람에게 이 이(利)되는 일을 다 가져온 이후에는 간다 보아라 혹 불러세고, 또다시 다른 곳에 가서 이와 같은 일을 다시 경영하여 어떻든지 남은 죽든지 살든지 나만 좋으면 그만이지 하는 방법으로 재물 모우고 지위(地位) 얻은 사람이 이 세상에 제이류(第二流)의 행복가가 되어 재물은 자룡이 흔청쓰듯 기생 떼어 양권련 첩치가에 뾰죽발로 득득연분주하야 이 세상의 영웅호걸은 나밖에 또 없거니 하여다 각각 권모술수가 있어 이 세상의 풍조로 더불어 이리저리 기우는대로 바람 부는대로 물결치는대로 같이 놀아 득득연한 행복가를 이르지마는 이 세상에 제일 흠모(欽慕)할 만하고 불쌍하고 가엾은 사람은 뜻이 있어 이러한 제일류 제이류의 사람과 같지 아니하여 자기의 잡은 생각을 이루기 위하여 이 세상의 이러한 풍조를 거슬러 노는 사람이라. 이 사람만 공연히 불행한 지경에 빠질 뿐 아니라 그 사람에게 따라 있던 사람도 다 그 사람과 같은 지경에 빠지는도다. 같은 지경에만 빠질 뿐일까. 또한층 더 불쌍한 지경에 빠지는도다. 이 한 대흥씨의 집은 실로 이 지경을 당하고, 실로 이 지경에 빠진 집이로다.

이렇듯 작가는 여전히 이조소설의 말미적인 작가개입의 인습을

답습하면서도 그 시대의 사회적 모순과 이러한 모순 속에서 교묘히 처신하는 인간형의 설정과 이러한 현세적 이해에 얽힌 인간에 대립되는 한 개화인간의 옹호를 의도해 놓은 것이다. 이점에 있어서 설사 이조소설의 해설과 유연관계를 갖고 있는 이 해설일지라도 그것이 이조소설의 경우는 언제나 시대성과는 관련 없는 선험적(先驗的)인 선악(善惡)의 교훈적 평가에 있었던 것에 비하여, 이 경우에 있어서는 시대성을 기초로 한 개화의식을 발현시킴을 그 기조로 하고 있다는 점이 다른 것이다. 여기서 벌써 독자의 흥미를 의식한 출판사의 신소설보다는 더 짙은 목적론적 성격을 갖고 있다고 할 것이다. 주인공 한대흥은 「유림 사회에 이름이 제일류에 있는 김학자의 수제자」란 한학(漢學) 서당에서 인격의 기초를 수련한 사람이면서도, 해외(일본)에 유학하여 신문명에 접하고서도 정치학을 공부하고 돌아와서는 사회와 정치의 개혁이란 시대적 사명에 적극적으로 활동하다가 끝내 사형을 당하는 것이다. 『혈의 누』와 같은 작품도 신교육사상이란 제목하에 막상 주인공들이 해외유학을 가고 있으면서도 그 뒤의 전개에는 아무런 언급이 없었다는 점에 상도(想到)하면, 이 점은 하나의 발전이리라.

또 하나 언급할 것은 이 소설에 지닌 국권의식(國權意識)이다. 다른 신소설의 공통분모적 주제인 신교육사상과 신윤리관으로서의 자유연애사상의 주장과는 다른 외교관이니 전권대사, 태극기 같은 용어가 등장함으로써 한국의 국제적 지위의 향상이란 국가의식의 요소를 갖고 있다. 이른바 자주의식(自主意識)이 제시되었던 것이다. 또 문명수용도 역설한다.

이 사람은 외교관이 되어 법국 「파리」성이나 영국 「런던」이나 미국 「화성돈」에 전권대사로 대사관에 태극기를 높이 달고 부인의 민활한 도움을 의지하여 나라의 빛을 세계에 날리고자 하였더니……

　일찌기 바다 밖에 놀아 우리 나라이 청국에 속방이 되어 기반을 벗지 못하고 세계에 병신 구실함을 분하게 여겨 동양에 먼저 열린 이웃 나라와 서로 논을 이끌고 세계 여러 나라 틈에 들어가 한가지 반열에 참례하기 위하여 정치를 개혁하여 국가의 기초를 튼튼히 하고, 태서 신세계의 문명을 드리어 인민 동포 형제의 지식정도를 널리고자 하였더니……

　그리고 특기할 만한 사실은, 이미 오래 전에 이 땅에 전파된 기독교이긴 하나, 아마도 우리나라 소설작품에 이러한 기독교적 요소가 본격적으로 반영된 것은 이 작품이 처음이 아닐까 한다. 혹자는 『금수회의록』 운운 하지만, 그것은 본자료로서 반증되는 셈이다. 물론 이러한 요소도 예술적 여과를 거쳤다기보다는 그 대로 교양적인 요소의 소개에서 조금도 탈피하고 있지 못한 것은 사실이다. 그러나 이 작품은 24회의 연재 중 17회에서 23회까지 7회란 횟수를 전도부인(傳道婦人)과 관련되어 전개하고 있는 데다, 또 그것이 작품구조의 종결부에 해당하고 있어 신교사상의 문학작품과의 배합의 상태는 너무도 현저한 것이다.

　소설의 대화로서는 너무나도 미숙한 전도사의 설교는 그래도 정씨 부인을 감화시키고, 끝내는 감동시킴으로써 기독교적인 구원으로 종결되고 있다. 대화라기보다는 교리전달 편중의 역설적 설교요, 그 때문에 이 소설의 후반부는 소설적 분식보다는 누가 복음의 해설로 일관해버리고 있다.

　하나님은 지극히 착하시고 못하실 일이 없는 권능을 가지신 대주재신고로, 어떠한 사람이던지 회개하고 하나님을 믿는 마음으로 나아가면 물에 빠져 있던 사람 건지는 것 같이 얼른 손을 주시면서 어서 빨리 올라오너라 하시고 이 세상의 마귀 시험으로부터 구하여 주시는 하나님이요.

이같은 설교가 계속해서 펼쳐지고 있는 것이다. 요약하면『몽조』는 문학사상으로 보아 신소설 시대의 작품이며, 주제적 내용은 사회와 정치의 개혁과 국권의식의 고양을 좌절시키는 당시의 인간성과 사회성의 병리를 비판하는 의도에 입각하는 작품이어서,『혈의 누』나『귀의 성』과는 다른 또 하나의 성격을 갖고 있다. 또한 특기할 만한 것은 전도사의 등장과 이 작품의 주인공인 정씨 부인이 기독교에의 귀의로 해서 소설과 기독교가 막연하게나마 연결되어 있다는 것이다.

그리고 문장론적 입장으로 보면, 이 작품도 조연현씨가『혈의 누』이후의 소설문장의 특징으로 규정한 바 대로의 줄거리의 설명이나 진행에서 표현적 도구로 변화를 인식한 자각이 부분적으로 반영되고 있다. 즉 행동진행 위주의 서술적 문장양식에다 감각적 영상 위주의 묘사의 요소가 작용하고, 직유적(直諭的) 수사(修辭)의 영상영역에 해당하는 보조적 대상이 희미하게나마 통념의 한계에서 변화를 의식하고 있다 할 것이다.

북악산 높은 뫼 뿌리에 어둑컴컴하게 모여 넘어오는 검은 구름은 장대 같은 소낙비를 몰아오는 듯하고, 남산 잠두봉 머리로부터 천지를 뒤집는 듯한 우뢰 소리는……(중략)
그 동안에 소낙비는 그쳐지고 몰려가는 구름 송이 뭉게뭉게 북악산 서편으로 전쟁 패한 군사가 십이산지포(12時砲)와 속사포(速射砲)에 몰려가는 듯이 엎드려지며 곱드러지며 순식간에 다 넘어가더니, 이어 푸른 하늘이 다시 나고 저녁 날 빛이 산 위에 반쯤 걸렸는데, 세상의 괴로움을 알지 못하고 스스로 즐겨하는 매미는 뒷마당 어린 버드나무에서 매암 매암.

어쨌든 이 작품은 돌아온 유학생의 사회혁신운동과 기독교와의 접촉에 주의를 끈다.

3. 대한매일신보의 풍자적(諷刺的) 희문소설(戲文小說)

　대한매일신보에 게재된 소설은 우선 그 성격도 두 가지로 분류될 수 있다. 명목에 있어서 「소설」이라는 표제가 분명히 붙어 있는 작품과 그렇지 않은 작품이 있다. 전자에 해당하는 작품에는 『청루의녀전』과 『거부오해』가 있으며, 후자에 해당하는 작품은 『소경과 앉음뱅이 문답』 『이태리국 아마치전』 『향노방문의 생이라』 등이다.

　그러나 이들 작품이 그 내용적 성격 자체에 있어서는 표지(標識)의 유무에 불구하고 별차가 없이 대동소이하며, 또한 모두가 무서명 소설이란 점에서 공통성을 갖고 있는 것이다. 『청루의녀전(靑樓義女傳)』의 대강은 대략 다음과 같다.

　이전 장안 성내에 풍체는 아름다우나 마음은 추루한 배생이란 25세된 청년이 살았다. 각국 물화(物貨)를 교환하고 상리(商利)를 도모키 위해 호조에 돈 5천냥을 빌어 여러 상고(買賣)들과 북경으로 간다.

　북경거리를 주류하다가 청루에 들러 한 미인을 만나 운우지정을 나누다 5천냥을 모두 써버리게 된다.

　드디어 그 사실을 아가씨에게 알리자, 미인은 배생을 따라 나서게 된다. 미인과 동행하는 배생은 비로소 돈을 써버린 것을 차탄을 하게 된다.

　그럭저럭 압록강에 다다랐을 때, 이생이란 사람이 배생더러

미인을 팔라고 한다. 이를 승낙하고 배생은 미인과 딱한 사정을
의논한다. 미인은 오히려 웃으며 말하기를 「비천한 사람을 버리
고 부귀한 남자를 좇음이 나의 소원이나, 인물을 매매함이 가히
허소치 못할지라. 명일 아침 발선할 때에 여러 사람을 대하여
흥정을 명백히 하여, 피차간 후회 없이 하라」한다.

　이튿날 아침 미인은 이생의 배에 타고서는 배생에게 일러 말
하기를, 「금보는 없다가도 있거니와 인정이야 끊었다가 다시 이
을소냐. 내가 눈이 있어도 동자가 없어 양의 기죽을 범의 기죽
으로 보았으니, 이는 도시 나의 박명한 연고라」고 자탄하면서도
양인에게 몸을 허할 수 없다는 절개지심에 강에 투신자결한다.
배생과 이생은 창황망조하여 도망치고 만다.

　이로부터 며칠 뒤 근처 뱃사공에게 미인의 혼령이 꿈에 나타
나 장사지내 주기를 부탁한다. 꿈대로 시체를 장사하고 사공은
시체에서 나온 주머니 하나를 가져다 벽에 걸어 두었다.

　그 뒤 십여 척의 물화를 가득 실은 관인들이 사공의 집에 와
서 그 주머니와 교환하자고 한다. 그 주머니인즉 그 안에 암소
가 그려진 종이 한 조각밖에 없었으나, 실인즉 거기에 물을 부
은즉 수천 필의 암소가 들판에 가득해지는 비술을 가진 주머니
였다. 관인은 이 소들을 다 사공에게 주고 주머니를 가져간다.

　이렇듯 하나의 신괴적 요소까지 곁들인 기이한 줄거리로 이
야기가 계기적으로 전개되고서는, 마지막으로 역시 예의 이조소
설적 해설이 첨가되어 있다.

　즉,

　대저 배생으로 말하게 되면 당초에는 어이 그리 오활하고 나중에는 어
이 그리 비루한고. 만일 배생으로 하여금 당초에 뜻을 변치 아니하였던들

그런 보배와 그렇게 아름다운 사람을 모두 보전하였을 터이오, 또한 청춘 여자로 천추에 원혼이 되지 아니하였는지라. 사람의 어리석고 무정함이여, 눈앞에 보이는 적은 이를 취하여 큰 의리를 저바리는게 어찌 고금에 배생 뿐이리오만은, 배생의 일은 족히 의논할 것 없거니와, 그 미인이 잡은 바 마음과 행한 바 일은 가히 효측할만 하기로, 근일 경박자제들과 창가소부 들에게 대하여 경고하노라.

로 완결되고 있는 것이다. 이러한 한 편의 소설뿐이라면 무서명 소설의 제 요소를 요약한 조연현씨의 소론인 제재가 과거세계 요, 창작이 아닌 기존적 이야기라느니, 그 형식이나 내용이 이조 소설의 특성과 거의 다를 것이 없을 뿐 아니라, 이조소설보다 훨씬 안이하고 빈약하다는 주장은 너무도 타당했을는지도 모른 다. 설사 이 작품이 목전의 소리를 취하면서도 보다 큰 의리를 망각하는 인심의 경박함을 경고하는 하나의 인간고발의 교훈이 라고 할지라도, 이를 소설형태로 의식할 때에는 분명히 이조 소 설의 퇴행이요, 창작적 요소란 찾아볼 수도 없는 전래의 단순한 이야기라는 것이 사실이다. 그러나 이와 같은 작품이 상당히 산 견된다고 해서 곧 그 시대의 작품의 전반적 특성이 전부 그러하 다고 획일적으로 단정을 내려버린다는 것은 상당한 무리를 노 정시키는 것이다. 더구나 소수의 자료만을 근거했다는 데 근본 적 오류가 있다.

그러한 추론의 무리에 금방 이론을 제기할 작품이 바로 『거 부오해』다.

『청루의녀전』이 그 제재를 과거 세계에 두고 있는 반면에 『거부오해』는 분명히 현실세계에 두고 있는 데다 근대적 감각 이 어느 정도는 반영되고 있는 것이다. 그리고 서술체의 표현방 식보다는 문답식의 대화체로 되어 있는 데다 조씨의 주장처럼 소설이 기사로부터 독립되어 있지 않은 것이 아니고 분명히 독립되어 있다. 편집체제상은 물론 기사가 국한문혼용임에 비해서 소설은 순 국문으로 표기했다는 사실만으로써도 확연한 구별이 의식된 것이다.

그리고 또한 『거부오해』의 경우, 그 주제에 있어서 조씨의 무서명소설의 공통적인 특질로 밝힌 권선징악적 요소가 전혀 없다는 것이다. 유교윤리에 입각한 나머지 선악의 긴장관계나 갈등에서 전개되어 그러한 형평관계의 긴장상태가 선의 승리와 악의 패배로 해소되어 안정으로 종결하는 구조를 통해서 파악할 수 있는 전형적인 권선징악이란 이조소설의 주제는 적어도 개화의식을 기반으로 하는 신문의 소설의 경우에서 그대로 답습만 될 수는 없으리란 것은 당연한 귀결이리라.

　　모처 병문에서 여러 사람들이 모여앉아 각기 소경사로 보고 들은 말을 서로 논란하는데, 그 중에 인력거군 한 아이 가로되,

이것이 이 작품의 서두다. 구조상으로 보아 이 작품은 등장인물 인력거군을 무식한 질의자로 선정하고, 다른 인물들이 응답자의 입장이 된 대화체다. 변화있는 극적 구성요소가 없는 채로 대화의 내용을 그대로 시사문답이 주축이 되고 있고, 여기에 간간이 시폐에 대한 풍자와 해학의 요소가 가미되어 있다. 그래서 외견상으로 보면 시사문답으로 일관하고 있지만, 작가는 시대성의 해설에서 선구적 역할과 언어 유희란 수단을 통한 정치와 사회의 비평을 동시에 의도하고 있는 것이다. 주인공 인력거군 자체가 다분히 허구적 의식에 있어서 본다면 반어적 양식(Ironic mode)에 해당하며, 글의 성격상으로 보면 희작(戲作)에 속한다.

희극적 인물인 「거부」의 오해는 바로 당시 사회의 시사성에서 출발하지만, 이 오해는 신구가 교차하는 한 시대의 문제다.

정부조짚 정부고짚 허니 정부의서 조짚은 하여 무엇에 쓰려는지, 정부란 말은 각 대신네들 모여 나라일 의논하는 처서로 짐작하거니와, 그 조짚은 무슨 조짚인지 알 수 없데. 정부가 마소치는 여각집이 아닌즉, 말이나 소를 먹이려고 조짚을 구할 것도 아니요……

란 것이 제일 오해다. 말하자면 조직(組織)이란 생경한 유행어를 조짚(조짚)으로 오해한 데서 연출되는 해학이 한바탕 뒤따르고, 다시 시정개선(施政改善)이 시정개산으로, 통감(統監)이 통감(通鑑)으로 오해되는 동음이어의 대조적 수법의 언어유희를 이용한 시사문답인 것이다. 그리고는 마지막으로 해설에 해당하는 다음과 같은 「자탄가」한 가락으로 끝이 나는 것이다.

산첩첩 수중중이라. 산이 높아 만장이니, 그 산을 넘자하면 사다리를 놓음만 못하도다. 만일에 사다리도 놓지 않고, 한 걸음도 걷지 않고 다만 산이 높다 자탄하면 명일이 금일이오, 명년이 금년이라. 하월 하일에 그 산을 넘어간다 기필할까. 산첩첩 수중중이라 물이 깊어 천척이니, 그 물을 건너려면 배를 준비함만 못하도다. 만일에 배도 준비치 않고 사공도 부르지 않고 다만 물이 깊다 자탄하면 하월 하일에 그 물을 건너간다 질언할까. 아마도 그 산 그 물을 넘고자 하면 사다리와 선척을 준비코저 미리미리 경영함이 제일 상책이라. 이도 저도 아니하고 무정 세월 허송하면 그 산 그 물이 절로절로 평지되기 바랄손가. 슬프고 슬프도다. 우리 나라 형편됨과 우리 동포 전정됨은 산첩첩 수중중에 우심타 하리로다. 바라고 바라나니 정부 대관 유지인은 할 수 없다 자탄말고, 사다리와 선척 등을 어서 바삐 준비하오. 우리는 무지 하등의 인류라 일러 무엇.

이런 주제에다 반어적 양식에 해당하는 인물을 통해서 부분적인 풍자정신이 의식된다. 익살스런 우롱에 의해서 통감부 설치와 정부 대관의 안일, 일진회에 대한 비판을 깔아놓고 있는 것이다. 따라서 풍자문학인 희작이 될 수 있는 요건적 특색이 화제적이고 「리얼리스틱」하고 익살스런 점과 비난 비속화를 구비하고 있다는 점에서 근대적 감각이 없다고 단안을 내릴 수는 없다. 가사도 일종의 「패러디」(Parody)이다.

그러나 무엇보다도 더 현저한 것은 역시 그러한 풍자적 내지는 골계 해학적 기미보다는 작품의 실체가 표방하는 바 소설의 계몽적 방편이다. 그것은 꼭같은 고정난에서의 「시은문답」을 연재하고 있는 것으로도 알 수 있다. 전문화하고 독립적 존재로서의 작가라기보다는 개화사상과 국권의식을 고취해야 하는 지위에 있었던 신문관계 지식인의 입장으로서는 소설을 예술적 의도보다는 그러한 데다 주안을 두었다는 데서 그 다음 소설의 현실의식의 토대를 다져놓은 것은 사실이다.

『소경과 앉은뱅이 문답』은 대한매일신보 제3권 79호(1905년 11월 17일자)에서 제3권 101호(동년 12월 13일자)까지에 실렸던 『거부오해』식의 대화체의 소설이다. 따라서 서술적 방식이 갖는 요약이나 장면의 구성양식으로 이루어진 것이 아니라, 복술을 하는 장님과 망건장이인 앉은뱅이의 대화만의 연속극이다.

일전에 어떠한 소경 한 아이 막대를 뜨덕거리고 모처 망건가게 앞으로 지나가는데, 그곳에서 망건일 하는 앉은뱅이가 그 소경을 불러 가로되,
「여보게 그 동안 어찌하여 오래 만나지 못하였나.」
소경이 대답하되,
「자연 그렇게 되었네마는, 그 동안 술이나 잘 먹었나.」
「여보게, 아무말 말게. 말하면 기가 막히네. 술을 먹긴커녕 술 먹는 사람의 입도 구경치 못하네. 전일에는 가로상에 술 먹고 주정하는 자도 많더니

근일에는 별로 없어 볼 수 없데. 아마 후주 죄인으로 잡혀갈가 두려워 함인지.」

「아니 돈이 극귀하여 그렇지. 신화 한 푼 얻어보기는 하늘에 별 따기오. 구화조차 구경할 수도 없으니, 어느 겨를에 술을 먹을 수 있으며, 먹은들 취할 수 있겠나. 그 전에는 내가 무슨 소리를 지르고 돌아다니면 이집 저집에서 불러 들여 하루 못 벌어도 삼사십냥이더니, 금일에는 다리에 가래토시가 스도록 다녀도 삼사푼을 구경치 못하니, 참 알 수 없어.」

「자네는 그렇지. 나도 이왕에는 망건 이삼개만 맡아도 매일 사오십냥을 벌어 고기도 사먹고 술도 먹었더니, 근일 당하여는 돈도 귀할뿐 아니라, 머리 깎는 사람 많아서 제각금 망건을 팔아먹으려 드는 까닭에 생애 없어 죽겠네.」

한데 여기에 유의할 것은 등장인물들이 공통적으로 혁신적 사회개혁으로 인해서 생활의 기반을 상실당한 사람들이란 것이다. 말하자면 단발령의 선포로 인한 망건의 폐기 및 과학사상에 근거를 둔 사회개혁과 신교의 전래로 인한 미신타파의 결과로 파생되는 복술가와 망건장이의 실직상태가 그것인 것이다. 사실 수구파와 개화파로 갈라지는 신구세력의 대립, 외세의 가열한 침투, 화폐제도의 은본위제 채택, 무능한 정부의 외세의존, 자유주의 사상의 전래, 태양력의 사용 등 그 급격한 변혁 때문에 봉건적 사회체제에 매달려온 사람들에게는 심각한 정신적 불안을 가져다 주었으리라. 이러한 과도기적 시대에 있어서 예상할 수 있는 것은 경제적 몰락이다. 뿐만 아니라 기회주의적 태도가 시세를 타고 날뛰는 것이다. 이러한 모순과 결함을 가진 사회에 대해서 풍자와 기지로 엮는 비판의식이 없을 수 없는 것이다.

우선 전황한 때에도 금전과 직결된 정치계층인 관료에의 비판이 서슴없이 펼쳐진다. 관료의 부패와 매관매직이 우선 대상으로 나타난다.

참 이상한 일 세상에 많아. 지금같이 전황한 때에도 군수주본이 된다 하면 사면에 돈 내왕하는 소리에 귀가 아프니, 이렇게 귀한 돈을 일이냥도 아니오, 몇 만냥 몇 천냥을 돌려내는 것 보면 참 돈냥이라 하되 그 사람들도 제갈량이지.

　그러나 저러나 큰일났어. 관찰 군수를 조정에서 겉으로는 탁차하여 보낸다고 하여도, 그 사람이 그이 제갈사람 같으여……

　벼슬인지 청올친지 하게되면 공명도 공명이거니와, 첫째는 충군 애국이오, 둘째는 위부모 처자할 경륜인데, 돈을 들이고 하게되면 벼슬을 사는 것이라, 그 벼슬 제가 지고 들인 돈 빼내려 하며 박탈민제 아니고는 할 수 없으리니, 백성은 나라의 근본이라, 근본을 흔들면 나라가 위태한즉……

　그리고 또한 이러한 비판은 형식화한 개화사상에까지 미치고 있다. 개화의식의 대두 이래 사회의 표면에서는 형태를 감춘 전근대적 잔재이면서도, 내부에서는 의연히 작용하는 완고한 구습의 잔재에의 지적이 그것이다.

　개화니 문명이니 한다고 머리는 잘들 깎나 보데마는, 속에는 전판완고의 구습이 가득하여, 겉으로는 어찌 개명 진취의 뜻이 있는 듯하나, 실상은 잠을 자지 못하여 길에 다니는 자들이 모두 코를 골고 다니니, 비유컨대 고목나무 겉은 성하나 속은 좀이 먹어 들어가는 모양이라. 한껏 개화라 하려면 하여.

　그리고 「아이러니칼」한 것은 이들 두 사람의 등장 인물인 장님과 앉은뱅이가 그들의 생업인 복술과 망건에 대해서 각기 유해론을 펼치고 있는 것이다. 그리고 또한 그들 스스로도 잠을 자고 있다고 의식한다는 데서 아마도 이들은 곧 새 질서의 변혁에 당면한 구질서의 대리적 존재라는 점이다. 그리하여 막연하게나마 새 시대의 동향과 성격을 더듬어 보고자 한 한 시대의 고민을 엿볼 수 있는 것이다. 망건 유해론에는 다분히 과학적

의식과 실용적 사고에의 근거 및 실학사상의 배경이 엿보인다.

　사람의 머리는 가히 정신든 주머니라 할 터인데, 그 정신주머니를 잔뜩
졸라매여 혈맥이 잘 활동을 못하게 하니, 정신에 유해무익이오, 아무리 바
쁜 일이 있을지라도 망건을 쓰게되면 몇 시간을 허비하니……

이러한 비판 위에서 바람직한 것이 회사의 조직, 학교설립이나
그것도 전황과 무지로 힘들다는 것이다. 여기에서는 제일차 한일
협약으로 결과한 폐정개혁에의 반응이 작용했으리라고 본다.
　다음으로 자주적 국권의식의 강조와 의타적 근성에의 비판이다.

　자주권리 반점 없이 외국인을 의뢰하여, 전국 이익 주어가며 황실위권
빼앗다 외국으로 돌려 보내어 강토는 점점 들어가고, 황권은 날로 미약
하여 만인은 도탄이오……

여기에서 을사조약(1905)과 그에서 결과하는 통감부의 설치를
두고서 매국적 「을사오적」을 규탄한다.

　캄캄 어둔 그믐 칠야에 혼몽을 못세는지. 내 나라 팔아가며 내 권리 주
어가며 고식지계 도모하여 인군께 득죄하고 백성에게 적원하여 일신성명
보존코자 외국인에게 보호를 욕구하니, 백성은 통한하고 정경은 참혹도다.

마지막으로 국민적 각성의 촉구다. 이에서 개화기 신문의 소
설로서의 특색이 현저해진다. 이조 관료에의 통렬한 비판이다.

　우리나라 사람들은 눈을 감고 잠을 자니 무엇을 아니 잃으며, 무엇을 아니
빼앗을까. 무슨 일 한하는 것 보게되면 나라는 망하든지 도무지 불계하고, 저
한 몸의 비기지욕만 생각하여 스스로 낭패하니, 전국의 혈맥되는 재정기관은

남에게 양여하여 일국 생령이 아사지경을 면치 못하게 되었으니, 생령이 다 죽으면 나라가 어찌 되며, 나라가 없게 되면 정부는 있을손가…

여기에 이르면 저 황성신문의 장지연(張志淵)논설『시일야방 성대곡(是日也放聲大哭)』에 비견될 비분강개가 전개되기도 하 고, 황성신문과 제국신문의 신문옹호론이 주장되기도 하며, 건 전한 사회단체의 결사를 주장한다. 따라서 산림에 숨어 비현실 적으로 안일과 방관만을 고수하는 보수적인 선비에의 고발의식 도 현저히 노출하고 있는 것도 사실이다. 그리하여 소설의 마지 막은 소경과 앉은뱅이가 일신 동체를 이루면서

사천년 오랜 나라 어이한들 망할손가 오백년 높은 종사 뉘라서 바라볼 까. 서산에 지는 해는 다시 돌아 올라오고 동해로 가는 물은 궁진함이 없 으리라. 현인 군자가 어느 때에 없다 하며 난신 적자가 매양 득의한단 말 인가.

일곡을 부르면서 퇴장한다. 따라서 부패한 관리에의 비판, 개 화의식과 국권 의식을 철저히 유도하는 데 있는 것이다.

그리고 이상을 보아 알 수 있듯이『거부오해(車夫誤解)』와『소 경과 앉은뱅이 문답』이 모두 소설적 구성보다는 민속극 형태의 소박한 구성이라는 점이다. 광대가 무대에 올라 익살을 부리고 퇴장하듯이, 광대적 요소를 지닌 소경과 앉은뱅이가 등장하여 일 장의 비판을 늘어놓고는 퇴장하는 형식원리 때문에서다. 따라서 이를 소설로 보느냐 희곡으로 보느냐 하는 문제가 야기될 수도 있으나, 소설의 서술성과 기술성의 양성을 보고자 일단 소설적 측면에서 보기로 할 것이다.

『향노방문의생(鄕老訪問醫生)이라』는『소경과　앉은뱅이　문

답』과 유사한 형태의 작품이다. 이도 역시 시골 노인과 의생(醫生)을 등장시킴으로써 사회문명 비판적 태도를 지니려 한 데다, 구성 자체도 전자와 일치하고 있는 것이다.

마지막으로 『이태리국 아마치전』은 이상의 형태와는 달리 대화체의 구성이 아니고 서술체의 형식을 가진 데다 내용은 이탈리아의 건국 영웅 아마치의 구국투쟁의 편력을 서술해 놓은 것으로 게재의 의도는 인식공간의 확대와 애국사상의 발장이리라.

「요약」

(1) 대한매일신보에 게재된 소설은 「소설」이란 표제가 있는 것과 없는 것으로 분류된다.

(2) 『청루의녀전』같은 류의 제재의 과거형도 있긴 하나, 여타의 대부분은 현실성에 근거한다. 과거형도 현실비판을 위한 수단이다.

(3) 현실성에 근거를 둔 작품들은 대부분은 서술체의 요소보다는 대화체의 형식에다 극적 구성요소가 농후하다는 것이다.

(4) 따라서 대부분의 작품이 현실 비판을 토대로 한 희문 풍자적 성격을 갖고 있는 데다 민족적 자각을 촉구하는 공리적인 소설관 위에 입각해 있다는 것이다.

4. 제국신문의 『혈의 누』 하편과 기문

「뎨국신문」은 광무 2년(1898) 8월 8일에 창간된 신문이며, 1905년 7월 1일로 제3종 우편물 인가를 받았다. 사장은 이종일(李鍾一)이며 일간(日刊)이었고 순국문으로 표기한 그 독자가 중류 이하의 대중과 부녀자였다는 것이 특징이다. 1903년 7월 7일부터 제호가 「제국신문」으로 개제되었다. 이 신문에 처음 「소설」이 게재된 것은 1906년 10월 11일부터였다. 그러나 특기할 것은 『혈의 누』의 하편을 1907년 5월 17일부터 연재하고 있는 점이다.

(1) 소 설

제국신문에는 앞서 말한 것처럼 비교적 많은 소설이 발표되었다. 그 개개의 작품의 전개적 특징은 처음에는 무서명 소설이었고, 또 표제조차 없이 그냥 「소설」이다가, 그 다음은 무서명 소설이면서도 소설의 표제가 붙는 단계, 이어서 서명소설로 나타나는 3단계의 과정을 겪고 있다는 현상이다.

그 일단계적인 작품으로 다음과 같은 경개(梗槪)의 이야기가 있다.

평양외성 땅에 한씨라는 선비가 살았는데, 그는 일찍 부모를 잃고 삼촌에게 양육된다. 결혼을 하려하나 빈한하고 공부도 못해서 아무도 이를 사위 삼으려 하지 않았다.

마침 그 때 강동 땅에 김좌수(金座首)라는 부자가 택서(擇婿)

를 하는데, 문벌이 자기보다 높은 한씨 집안이라[물론 한씨는 자기 친자라 속였다.] 쾌히 승낙한다. 그런데 막상 결혼을 하고도 딸을 친정에 둘 수밖에 없는 한씨라, 그 초라함을 안 김좌수는 이 사위를 몹씨 못마땅하게 여겨 다른 사위에게는 극진히 대우하면서도 이 사위에게는 수수죽이나 대접한다.

이에 감정이 상한 한씨는 어느날 밤 마치 살인한 것처럼 위장하여 아내에게 도망하자고 한다. 아내도 따라 나선다. 갑자기 딸이 없어진 김좌수는 이런 사연도 모르고 딸이 토사로 죽었다고 빈 무덤을 만든다.

사위가 이 집에 찾아왔다. 무덤이나마 보고 가겠다 하므로, 무덤으로 데려가니, 이 사위는 자기 아내의 무덤을 자기가 이장하겠으니 파라고 한다. 당황한 김좌수는 좋은 땅을 내주며 드디어 사위를 따라 평양에 가니, 죽은 딸이 거기에 살아있어 놀란다.

이와 같이 이 작품은 소설이라기보다는 하나의 이야기 내지는 설화다. 이로 보면 당시의 소설이란 문학형태 속에는 설화와의 구분이 명료하지가 않았던 것 같고, 또 이조소설의 시간적 분절화(分節化)나 서술구조에 있어서의 전이적(轉移的) 공식용어인「각설」따위가 그대로 잔존하는 것을 볼 수가 있다.

다음 둘째 단계는 역시 설화와 소설과의 동일시와 한문으로 되는 이조소설의 번역이 그 특색이다.『정기급인(正己及人)』『보응소소(報應昭昭)』『견마충의(犬馬忠義)』『살신성인(殺身成人)』이 그 전자에 해당되고,『허생전(許生傳)』이 그 후자에 해당한다.

『정기급인(正己及人)』(1906, 10, 11~12)의 내용은 예전에 황갑호란 재상이 살았는데, 그가 초립동이 시절에 길을 가다가 보자기 하나가 놓여 있어서, 그걸 주인에게 찾아주기 위해 계속 그 자리에 서서 기다렸다. 이윽고 임자인 듯한 사람이 찾아와서 사례하는 것을 받지 않고 돌려주자, 그 임자는 도둑질한 것을 자백한다. 뒷날 황갑호는 병조판서가 되고, 그 도둑은 그 길로 그 물건을 갖고 가서 큰 부자가 되어 원주인 황갑호 및 이 부자가 주연에서 서로 만나는 이야기다. 따라서 설화적 요소가 보다 강하며, 그 말미는 다음과 같은 해설이 붙어 있다.

> 후세 사람이 평론하여 왈, 사람의 천성이 본대 악한이가 없고, 본대 그른 자가 없는 것이오. 다만 교육이 없고 들은 것이 없음으로 전량지심이 화하여 불의의 일을 행하는 것을 가히 알리로다. 만일 도적으로 하여금 그 정대한 사람을 만나지 않았으면 어찌 개과하여 양민되기를 바라리오.

이와 같은 교훈주의의 해설적 성격을 가미했다.

『보응소소(報應昭昭)』는 표제가 암시하고 있는 바와 같이 포악한 관리인 「면임」이 무고한 양민을 돈을 빌려주지 않는다고 악형을 가한다. 드디어 양민이 죽자 그 원한을 못 푸는 것을 안타깝게 여기던 중에, 이 면임이 물레방앗간에서 원인 모르게 죽어간다는 이야기다. 인과응보와 관리의 포악을 응징(膺懲)하는 의도가 보인다. 물론 해설이 첨가되었다.

『견마충의(犬馬忠義)』 2편은 모두 영남지방에 있었던 의구의 전설을 그대로 옮겨놓은 것에 불과하며, 이에도 결미(結尾)에는 예의 해설이 덧붙어져 있다.

『허생전』의 번역은 특기할 사실의 하나다.

이상에서 보듯 소설과 설화의 구분은 명료하지가 않다. 또 서술에 있어서 이조소설의 형태를 그대로 수용하고 있다. 그러면서도 연암(燕岩)의 『허생전』까지 관심이 미친 것을 보면, 아직도 외래적인 문학요소의 수용이 있기 전에는 자국적인 문학소

재를 검토하는 과정이 있었음을 알 수 있다.

(2) 『혈의 누』의 속편 『혈의 누 하』

「제국신문」의 소설에서 가장 특기할 것은 「만세보」에 실린 이
인직의 『혈의 누』의 하편이 게재되고 있다는 사실이다. 흔히 알
려져 있기로는 1913년 2월 5일부터 동년 6월 3일까지 65회에 걸
쳐서 「매일신보」에 발표된 『모란봉(牧丹峰)』이 『혈의 누』의 개
명된 후편으로 되어 있다. 그러나 이같은 주장은 제국신문의 『혈
의 누』하편에 의해서 전적으로 부정된다.

이 오해의 발단은 전적으로 「2권은 그 여학생이 고국에 돌아
온 후를 기다리오」에 있다. 근간(近刊)된 『한국신소설전집』 1권
의 해제를 보면,

> 『혈의 누』는 상편으로 일단 끝나고, 하편에 해당하는 작품은 『모란봉』으
> 로 개제했다. 상편에 해당하는 『혈의 누』가 옥련의 10년간의 사적을 기술
> 한 데 대해서, 『모란봉』은 그녀의 17세 이후, 즉 귀국 후의 사적을 기술한
> 것이다.

라고 하여 『모란봉』이 그 하편임을 단정하였는데, 이는 신문문
헌의 조사를 감안하지 못한 엄청난 오류다. 그 이유는 다음과
같다. 이미 앞에서도 밝힌 바 있지만, 「제국신문」(1907년 5월 28
일자)에 실린 김상만(金相萬) 서보의 『혈의 누』 광고문 가운데
틀림없이 「하편은 제국신문에 연재함」이라고 명기해 두고 있는
점, 또 연대적으로도 『모란봉』의 발표 이전인 1907년 5월 17일
자에서 동 6월 1일자까지에 이 『혈의 누』하편이 11회로 발표되
었을 뿐만 아니라, 그 작품에 「국초(菊初)」란 저작자의 서명이
분명하다는, 주변적인 여러 이유와 더불어 작품의 내용으로 보

아도 이 『혈의 누』 하편은 옥련의 귀국 이전의 생활이 그려져 있어서 소위 사건 시간으로서의 「이야기된 시간」의 단층이 없다는 이유 등으로 보아 그 『혈의 누』 하편이 바로 상편의 속편으로서의 보편적인 타당성을 더 지닌다고 할 것이다. 『모란봉』은 이 하편의 속편일 수도 있다고 보아진다. 『혈의 누』 하편의 경개는 대략 다음과 같다.

화륜선이 드나드는 부산의 최주사[恒來, 옥련의 외조부, 전편에서도 등장했음]는 재물은 많으면서도 늘 근심스러운 나날을 보낸다. 이미 60을 지난 그는 양자를 두었으나 평양의 딸[옥련의 모]과 미국에 가 있는 사위[김관일]를 만나고 싶은 일념뿐이다.

이럴 즈음에 평양의 딸이 뜻밖에도 진남포에서 떠난 화륜선을 타고 찾아오고, 딸을 통해 옥련이 미국에 있다는 소식을 듣는다. 딸은 「나는 개화하였소」 하면서 미국에 들어갈 여비를 달라고 하면서 부녀는 함께 동행할 준비를 한다. 오랜 항해생활이 계속된다. 배를 두 번이나 바꾸어 탄다.

한편 미국에 있는 옥련은 아버지가 묵은 「호텔」에 찾아갔다가, 거기서 다음과 같은 미국 도착을 알리는 외조부 및 모친의 전보를 받는다.

「딸을 데리고 간다. 상항에서 배 내렸다. 내일 오전 첫차 타고 가겠다.」

옥련은 초조한 나머지 불길한 꿈을 꾸나, 그것은 어디까지나 꿈일 뿐, 함께 모인 외조부, 옥련모, 부친, 옥련 및 구완서는 즐거운 나날을 보낸다.

3주일을 미국에서 머문 최주사와 옥련모는 돌아올 때, 다시 옥련의 혼인공론을 한다. 최주사는 조선 풍속에 젖어 있는 사람이라, 구완서와 옥련을 조선으로 데려가서 결혼시키려 하나 둘은 오히려 공부를 내세워 이를 완곡히 거절한다. 떠나는 날 옥련모는 기쁜 마음이고, 옥련은 정거장의 이별에서 눈물을 머금는다.

이상이 대략의 이야기다. 상편에 비해서 문장에 있어 작가의 주해적 요소가 줄어들었고, 묘사적 요소가 보다 뚜렷해 졌다. 그 서두문장은 다음과 같이 근대적 면모의 부산항구 묘사다.

부산 절영도 밖에 하늘 밑까지 툭 터진 듯한 망망 대해에 시커먼 연기를 무럭무럭 이르키며 부산항을 향하고 살같이 들어닫는 것은 화륜선이다. 오륙도·절영도 두 틈으로 두 좁은 어구로 들어오는데, 반속력 배질을 하며 화통에는 소리가 하늘 당나귀가 내려와 우는지, 웅장한 그 소리 한 마디에 부산 초량이 들썩들썩 한다. 물건을 들이고 내는 운수회사도 그 화통 소리에 귀를 기울이고, 사람을 보내고 맞아드는 여인숙에서도 그 화통 소리에 귀를 기울이는데, 화륜선 닻이 뚝 떨어지며 쌈판배가 벌떼 같이 들어간다.

그러나 다음과 같은 자유결혼론은 상편과 내용이 일치한다.

(구): 「옥련같이 학문·자질이 있는 따님을 두시고 날같이 용렬한 사람으로 사위를 삼으려 하시는 것은 감사하기 측량 없습니다. 그렇게 감사한 일을 생각하면 오늘이라도 말씀하시는 대로 쫓을 일이오나, 아직 어린 서생들이 혼인이 무엇이오니까.」

하면서 다시 옥련이를 돌아다 보며 허허 웃더니,

(구): 「여보게 옥련, 지금은 우리가 동무이지 귀국하면 내외가 될 터이지. 우리가 자유로 결혼하자 언약을 맺은 사람이라. 언약을 맺어도 자유, 언약을 파하여도 자유, 어느 때로 행례할 기약을 정하는 것도 자유로 할 일이라. 나도 부모 구존한 사람이오, 그대도 부모 구존한 터이라. 부모가 미성년한 자식에 명령할 일은 공부 잘하여라, 나라를 위하여라 하는 것이 부모된 이들의 도리오, 직분이라. 지금 우리가 고국에 돌아가면 공부에 방해도 적지 아니할 터이오. 혈기 미성한 사람들이 일찍 시집가고 장가드는 것은 제 신상에 그렇게 해로운 것은 없는지라.」

이와 같이 미국유학생인 구완서는 결혼에 대한 기성관념을 비판하고 자유결혼을 역설한다. 「이애 옥련아」의 호칭이 어느새 「여보게 옥련」으로 변모한 것 이외에는 전편의 자유결혼 사상과 다르지 않다. 상편에서 유학목적을 독일 같은 연방국의 건설과 일본과 만주를 합하여 문명강국을 만든다는 구완서는, 이 하편에서도 다음과 같은 애국론을 피력하고 있다.

> 「여보게 옥련, 우리가 공부를 하여도 나라를 위하여 하고, 사업을 하여도 나라를 위하여 하고, 살아도 나라를 위하여 살고, 죽어도 나라를 위하여 죽는 것이 옳은 일이라.」

그러나 이같은 발상에는 환상적인 허구성이 없지 않다. 현실인식에 대한 추상적 관념적인 경향이 그것이다. 연방국의 건설과 일본과 만주를 합한 혼혈적인 대국의 건설을 위하여 공부하고 사업도 하고 또한 생사를 거는 그런 도취적인 요소는 군국주의인 관념의 미화에 지나지 않는다. 일제의 침략이 노골화하는 무렵에 그 억압과 착취 및 유혈의 현실에서 멀리 떨어져 있으면서 관념적 내지는 감상적인 애국론의 피력으로 해외유학생의 도덕적 책임이 해결되는 것은 아니다. 또한 재미유학생의 전공분야에 대한 언급이 조금도 없다. 그러나 전편에 비해서 많은 변모를 한 것은 「옥련이 같은 어린 계집아이도 육만리나 되는 미국을 갔는데, 내가 이까짓 데를 못 와요」하면서 꺼릴 것 없이 화륜선을 탈 수 있을 뿐만 아니라 「아버지, 나는 개화하였오」라는 옥련모의 돌연변이적 개화와, 말과 하인을 데리고 딸을 찾아 평양을 찾아가던 최항래(崔恒來) 노인이 이 하편에서는 딸을 데리고 미국을 갈 뿐 아니라, 「샌프란시스코」에서[상항] 「뉴욕」으로 도착을 알리는 전보를 칠 수 있는 사업가로 변모했다는 사실이다.

그리고 상편에 비해서 하편은 표기법에 있어서도 약간의 차이가 있다. 즉 한자의 제거가 그것이다. 이같은 점은 작가의 성숙성과 사회변화에 적응하는 개인의 변모 과정에서 기인할 수 있었을 것이다.

그러나 여기서 하나 의의를 넣지 않을 수 없다. 하편에 옥련의 귀국 후를 그리겠다는 상편 결말의 광고에도 불구하고, 어찌하여 이같은 귀국 이전이 다시 그려졌는가? 물론 여기에는 독자의 인기 때문에 그리 되었을 가능성도 있었을 것이다. 하지만 불과 10개월 정도의 시간적인 격차밖에 없으면서도 전편과의 문체적인 변이는 다른 작가와의 합의하에 국초(菊初)란 필명을 양도했을 가능성이 전혀 없지도 않다는 점이다. 이 점은 어디까지나 가정이다. 그 문체적인 차이가 현저한 것은 대화문의 경우다. 『혈의 누』 상편에서 최항래 노인과 「막동」의 대화는 다음과 같이 되어 있다.

「막동」 말은 어디 갔다 매오리까……
「최씨」 마방집에 갔다 매어라.
「막동」 소인은 어데서 자오리까.
「최씨」 마방집에 가서 밥이나 사서 먹고, 이 집 행랑방에서 자거라.
「막동」 나리께서는 무엇을 좀 사다 잡숫고 주무시면 좋겠읍니다.

이에 비해 『혈의 누』 하편에서의 서기보는 소년과의 대화는 다음과 같이 이어지고 있다.

「소년」 「여보시오, 주사장, 진남포에서 배 들어왔읍니다. 우리 집도 이 배편에 왔을 터이니, 사람을 내보내 보아야 하겠읍니다.」

최주사는 낮잠을 자다가 화륜 화통소리에 잠이 깨어 일어나 앉아서 무슨 생각을 하고 있던 터이라. 서기의 말을 들은체 만체 하고 앉았다가 긴치 아니한 말 대답하듯
「최」「날더러 물을 것 무엇 있나. 자네가 알아 할 일이지.」

이와 같이 대화문에 있어서의 변이가 보인다.

5. 대한일보와 풍속개량 및 상업적 소설

「대한일보」는 1904년 인천의 조선신보사가, 발행 겸 편집인은 일본인 하기다니(萩谷籌夫), 인쇄인은 사까모도(坂本正作)로 발간한 신문이다. 일인에 의한 신문인만큼 여타의 신문과는 매우 그 성격이 이질적이다. 일본의 한국침략을 문명개화의 미명(美名)으로 변호하던 일본신문이었던 것은 가령 다음과 같은 광무 9년 8월 19일자의 일면의 「방금긴급문제(方今緊急問題)」란 논설로서도 엿볼 수가 있는 것이다.

……일본이 한국에 대한 지성(至誠)은 귀신이 읍(泣) 할만 함이, 천하만방이 거개(擧皆) 일본의 심사를 통촉(洞燭)하며, 일본의 고의(高義)를 지실(知悉)하며, 일본의 공명을 찬상하는 바이언마는 독한국인사(獨韓國人士)가 차(此)를 통촉(洞燭)키 불능하며, 지실(知悉)키 능불하여 일본을 배척(排斥)함이 여(如)하니, 어찌 천세(千歲) 유감이 아니리오.……

이와 같은 일본의 한국침략을 「고의」와 「공명」으로 호도하고 있으며, 동년 6월 23일자의 지면확장의 「확장사」에서도 「한국지흥망(韓國之興亡)은 즉 일본성쇄지대영향(日本盛衰之大影響)이라」는 전제하에서 일본을 한국의 평화보호자시 하고 있는 것이다. 뿐만 아니라 친일단체 일진회에 대한 기사를 유례 없이 많이 기재하기도 했던 것이며, 국한문 혼용체를 썼다.

발간일자는 그리 빠르지도 않으면서 소설의 게재는 어느 신문보다도 빠르고, 또 신문소설에 삽화를 그려 넣었는데, 이는

「중앙신보(中央新報)」와 함께 삽화를 넣은 최초의 시도이다. 각각을 다루면 다음과 같다.

(1) 『관정제호록(灌頂醍醐錄)』

『관정제호록』은 광무 8년(1904) 12월 10일자 3면에서 연재하기 비롯한 소설로서 그 형식은 회장체이다. 2회(1904. 12. 10~1905. 1. 18)까지는 순 국문으로 표기된 문체가, 3회(1905. 1. 19)부터는 한문 위주의 국한문 혼용체로 바꾸어졌다. 회장체로된 것으로 3회까지의 서두를 보면,

● 화설, 동화국은 태평양 동부에 일부 문명국이니, 산명수려하고 인물이 미무하여, 예악문물과 풍토속상이 세계에 유명한 지 유천년일러라.
● 각설 공자와 청년이 팔곡경개를 구경하고⋯⋯
● 귀공자(貴公子)가 포장유지지(抱壯游之志)하여 유명산지약(留名山之約)은 국시대장부우소지기(國是大丈大于霄之氣)라.

이와 같이 이조소설의 「화설」「각설」 형태가 그대로 지속하는 것이지만, 3회에서는 이조소설보다도 훨씬 퇴행하는 소설문장을 드러낸다.4)

(2) 『일념홍』

「일학산인(一鶴散人)」이란 작가의 서명이 기재된 것으로 보아

---

4) 却說 肅宗大王 卽位 16년에 慶尙道 晋州府 城内에 一個士族이 有하니, 姓은 許오 名은 憲이니, 年方 18에 眉目이 淸秀하고 手神이 俊雅하야 軒昻風彩 人皆艶賞하고 蒹且才藝夙成하야 文河大噪라. 以故로 城内城外에 養成閨秀府人은 紛紛遺媒通婚으로되, 許生의 父母는 恒嫌早婚不利하야 併皆辭拒了하더라. 其隣家에 有一富戶하니, 姓名은 河景漢이라. 年近5旬이나 膝下에 無允閭元丁하고 只有一個女息하니, 名은 淑玉이오 年方二八에 姿色이 嬋娟이라.

개화기 소설로서는 최초의 서명소설이다. 광무 10년(1906) 1월 23일부터 2월 18일까지 16회에 걸쳐서 발표된 이 작품은 다음의 보기와 같은 각 회장의 표제가 붙어 있고, 또 국한문 혼용체이나, 오히려 한문이 위주여서 소설로서는 이조소설보다는 퇴행적이다. 중국소설적 회장체다.

이 소설에서 작자는 서언이라는 것을 쓰고 있는데 이 서문 역시 한문에 토씨를 붙인 정도로 되어 있다. 문체 역시 이조소설적 요소를 강하게 풍기고 있다.5)

이와 같은 서언이 한문 위주인 것같이, 이 소설의 문장도 똑같은 한문 위주여서 언문 일치와는 너무도 거리가 멀다. 그리고 전기적이다.

그러나 이러한 고루한 문체에도 불구하고 이 소설은 그 뒤의 신소설이 흔히 다룬 내용들의 원형적 요소를 많이 지니고 있는 것이다.

낙양성동에 홍랑(紅娘)이란 규수가 있었는데, 그녀는 삼청동에 이정(李廷)이란 청년과 서로 사랑하는 사이다. 어떤 대관이 홍랑을 빼앗으려고 그녀의 집을 습격하자, 그녀는 일인 순사 3인에 의해 생명을 건지고, 이랑(李郞)은 살인혐의를 받고 경무청 경무사에게 문초를 받는다.

홍랑은 술객의 도움으로 일본으로 유학가서 동경여학교에 입학한다. 술객의 도움으로 풀려난 이랑도 일본 유학을 가려고 일본 공사에게 요청한다. 공사도 기꺼이 승낙하고, 그는 시나노가와마루(信濃川丸)로 유학을 가서 해군대학에 입학한다.

---

5) 天之生一奇人一尤物이 未嘗不有所自來라. 故로 來有所自而爲奇人爲尤物則散爲萬事者이 必有爲奇爲尤別種特色하야, 今一世之耳目으로 有可嘆而可誓라라. 旣沸偶然而來則 豈偶然而吉哉리오. 近有一種奇人之奇士이라. 故로 玆述顚末而 爲好事者傳之하며, 思爲愛讀家一粲하노라.……

해군대학교를 나온 이랑은 회국하여 해군을 확장하려는 즈음, 때마침 노일전쟁(露日戰爭)이 일어나, 그는 청원하고 종군하여 큰 전공을 세운다. 한편 홍랑은 동경여학교를 마치고 영국으로 가서 대학교를 속성으로 졸업하고, 「베르린」「파리」「워싱턴」을 거치면서 많은 각국 부인들의 환영 악수와 「키스」를 받고 돌아온다.

이랑은 사립은행을 만들고 사립학교· 동양도서관· 사립병원· 활판소 등을 만들어 금융· 교육· 서적 모으기· 구질병· 간행잡지 하며 경개명지 목적하며, 홍랑도 부인회 및 학교를 만들고, 방적소도 만든다. 그래서 나라에서는 이랑에게 육군정령을 수훈하고, 이랑과 홍랑은 여행을 다녀와서 각국 공사 및 외교관을 불러 만찬회를 열고 문명개화의 연설을 한다.

이상이 대략의 『일넘홍(一捻紅)』의 편개이거니와, 이 작품은 우리 문명개화가 일본의 협조에 의해서 이루어진다는 요지다. 따라서 무엇보다도 이 작품에는 일본 인상이 긍정적인 준거성으로 그려져 있다는 점이다. 그것은 곧 친일문학의 출발이 바로 여기서 마련되었다는 것이다.

이런 소설이 그 다음의 『혈의 누』로 이어져 있다는 것은, 이 작품의 발표지면이 일인발행의 신문이란 이유에서만은 아닐 것 같다.

(3) 『참마검(斬魔劒)』

「대한일보」에 게재된 국문소설은 『참마검』과 『반혼향(返魂香)』 2편이 있다. 무서명 소설인 이 『참마검』은 전기한 『일넘홍』과는 달리 순국문으로 표기되었다는 점이 두드러진 차이라고 하겠다. 그러나 그 반면에 「소설」이라고 분명히 명기하고는 있으나, 그 내용은 오히려 설화나 이야기에 보다 가까운 편이다. 하지만 『참마검』이란 반미신적인 표제가 달려 있다는 것이 작가의 어떤 의도를 노출시키고 있다고 하겠다. 그 발단 부위를 옮겨보면 다음과 같다.

옛적에 곽대공이라 하는 사람이 본데 공후거족으로 풍채 준수하고 학문이 성부하며 담약이 과인하고 용력이 절윤한지라. 일찍 부거하였다가 과거를 지고 고향으로 돌아가는 길에 진땅으로부터 분 땅으로 향할 때, 날이 저물고 객점이 없는고로 밤드도록 행하더니…….

이와 같이 이야기의 형식을 그대로 보유하고 있다. 이 소설의 개요는 다음과 같다.

옛날 곽대공이라는 사람이 과거를 보고 돌아오는 길에 날이 저물어 객점을 찾던 중, 불빛이 비치는 한 집을 찾아 들었다. 그 집에는 음식상만 요란하게 잘 차려 놓았을 뿐 사람이 없었다. 들어가 있으려니 한 처녀가 옆방에서 울고 있어 사연을 물으니, 그 고을에는 오장군(吳將軍)이란 요괴가 있어 처녀를 바치지 않으면 고을에 피해를 주기에, 해마다 처녀를 사서 공양한다는 것이다. 그래서 부모가 자기를 팔아 오늘 죽게 되었다는 사연이다.

담력있는 곽대공이 밤이 깊기를 기다리자 오장군이 나타났다. 오장군이 웬일이냐고 묻자, 곽대공은 그의 경사를 축하하러 왔다고 말하고, 오장군에게 사슴고기를 먹어보았느냐고 말한다. 그가 사슴고기를 청하자, 곽대공은 자기 보자기에 싼 사슴고기를 내어 바치면서 무방비 상태의 오장군의 팔을 칼로 베어버린다. 그러자 그가 달아나고 처녀를 살린다.

날이 밝자 처녀의 가족들이 딸의 유해를 거두러 왔다가, 자초지종을 듣고 반가와 하기는 커녕 오히려 대경실색한다. 요괴 오장군의 팔을 베었으니, 고을에 화가 미친다는 것이다. 궁지에 몰린 곽대공은 마을 사람을 데리고 흘린 핏자국을 따라가니, 어떤 무덤의 구멍으로 핏자국이 스며 있어 여기에 불을 놓고 칼질을 하니, 한쪽 다리가 짤린 돼지가 죽었다. 요괴는 바로 이 돼지가 둔갑한 것이었다. 처녀는 곽대공을 따라 나선다. 이 고을에는 다시는 변괴가 없었다.

이와 같은 이야기 끝에 작가는 다음과 같은 주석을 첨가하고 있는데, 이는 바로 반미신 사상을 그 저변으로 의식한 것이다.

이 일편은 말과 글이 비록 비리하나 윤기에 계관하고 풍속을 어지럽히는 요괴기의 증계가 되겠기로, 재물을 탐하여 윤기를 잇기 무복을 숭상하면 국가를 어지럽히는 자를 권면코자 하여 이에 기록하니라.

이와 같이 이 소설은 『참마검』과 거의 동일한 풍속개량으로서의 반미신 사상을 고취시키는 작품이다. 이때 해설이 보다 기능적이다.

또 하나, 이 작품에서 추출되는 것은 1906년 이후에 본격적인 신소설 등장 이전에 신소설의 문장적 확립을 위해서 잠정적으로 전래의 설화도 검토되었다는 점이다. 즉 적어도 『혈의 누』의 발표에 이르기까지는 신소설과 같은 새로운 제재를 미리 의식했으면서도 거기에 적합한 표현형태로서의 문장의 정립이 없어, 이를 위해 설화 한문소설 및 이조소설의 제 문장을 골고루 검토해보는 과정이 있었음을 알 수 있으며, 여기에다 일본소설의 문장이 가세함으로써 비로소 신소설의 언문일치적 문장이 끝내 가능해진 것 같다.

6. 조양보(朝陽報)와
『비스마룩구 청화(淸話)』

「조양보」는 심의성(沈宜性)을 편집 겸 발행인으로 하고 월 2회 발행의 잡지적 성격을 띠고, 1906년에 창간된 신문이다.

조연현 씨 같은 분은 「건국 원년(1898)에 심의성 주간인 조양보가 나오고」라 하였으나, 바로 조양보에 의하면 분명 이것은 오기(誤記)다. 제1호의 발간 일자가 광무 10년(1906) 6월 25일로 되어 있고, 매월 10일과 25일이 발간일이며, 신문대금은 1부 신화 금 7전5리, 1개월 15전으로 명기되어 있다. 이러한 조양보의 성격은 그 1호에서 남옥거사(南獄居士) 이기(李沂)의 조양보 발간서문에서도 독립회복을 꾀하기 위한 일종의 교과서라고 밝혀져 있고6) 또 대한매일신보도 제4권 281호(1907. 7. 27) 논설에서 「독조양보(讀朝陽報)」란 제목으로 한 일 양국의 고명한 학자의 저술과 서방의 저명한 학자의 저술을 모은 것으로서 모든 사람이 읽어야 된다는 뜻을 밝히고 있다.7)

그리하여 내용 목차를 살펴보아도 세계의 신학문·신지식 소

---

6) 此朝陽報杜諸公之所以發刊月報以供朝野士君子 秉觸之學而 其言則 卽一種敎科書也 其志則 卽觸立恢復計也.

7) 此朝陽報는 한일양국 고명학사의 저술한 바이오, 泰西 諸國의 著名한 學家의 言論을 모집한 것이니, 其價格之可貴는 不俟用言이어니와, 惟玆大韓人士는 大局의 情形을 知코자 하는 者는 不可不讀此報也요, 內外時事에 緊要新聞을 知코자 하는 者는 不可不讀此報也요, 사회 및 국가의 관계를 知코자 하는 者는 不可不讀此報也요, 欲知敎育之必要者는 不可不讀此報也요, 欲求實業之利益者는 不可不讀此報也요, 注意於家庭敎育者는 不可不讀此報也니……

개의 정도 높은 매개체가 되고 있다. 스마일스(Samuel Smiles)의 『Self-Help』번역인 『자조론(自助論)』이 소개되는가 하면, 여자 가정학으로서 일본인 시모다(下田歌子)의 『부인의독(婦人宜讀)』이 번역되고, 「톨스토이」와 「루즈벨트」 대통령 및 양계초(梁啓超)의 『멸국신법론(滅國新法論)』이 소개 및 번역되고 있다. 뿐만 아니라 국내학자들의 글로서는 장지연의 교육론·실업론 등이 게재되고 있는 것이다.

이 「조양보」에 소설이 게재된 것은 2호(광무 10년 7월 10일 발간)부터의 무서명의 소설 『비스마룩구 청화(淸話)』가 그것이다. 이 소설이 번역인지 또는 번안인지 그 여부에 대해서 현재로서는 알 수 없으나, 황성신문의 『신단공안』과는 달리 조양보 자체의 성격과 부합하도록 제재가 서구적인 것에 돌려져 있다는 것이 이색적이다. 따라서 이 소설은 하나의 소설로서보다는 계몽기 특유의 조잡한 서구소개가 재래의 서술적 형식을 빌려서 윤색된 것이며 전기류이다.

그러나 근대문명의 연원적인 서구에 관심을 두고 새로운 가치를 인식하면서도 그 가치를 구상화할 양식을 확인하지 못하였던 것 같다. 의연히 전통적 문장의 한계가 지식계층에게 뿌리깊이 작용한 증좌이리라. 여기에서 이 문장체들은 서구적 관심과 전통적 교양의 기묘한 혼합을 이루면서도, 한학에 긴 전통이 한문체의 문체로 이끌어가게 되어 있는 것이다.

비스마룩구는 덕국인(德國人)이라. 기(其) 저택이 후리ー도릿히 스루ー 지방에 재(在)하였더니, 객(客)이 상방여어(相訪與語)하고, 귀(歸)하여 기(其) 우인(友人)에게서 서(書)를 증(贈)하여 왈(曰), 비공(公)의 언어가 일종인심(一種人心)을 감동하는 능력이 유(有)하여 청자로 자연 흥기케 하니, 형(兄)이 차인(此人)을 직접(直接)하여 기(其) 담화(談話)를 청(聽)하면 완연(宛然)히 세에 — 기스피아의 희곡을 문(聞)함과 여(如)하여 유기각득(唯其覺得) 할 것은 금세영웅이 유관(悠寬)한 태도로 형의 면전(面前)에서 괴담불권(快談不倦)하는 것 뿐이다. 황홀(恍惚)히 의소심취(意消心醉)하야 오망오신이(吾忘吾身而) 우불능삽일어(又不能搜一語)하였더라.

어쨌든 이 시대의 문학은 독자에게 주는 감동의 질보다도 계몽사상을 주축으로 한 공리적 측면을 중시하였음에는 틀림이 없으며, 또 이러한 형식이나마 서구적 양상을 소개하는 사상적 근거가 되었던 것은 사실이다.

7. 경남일보와 박영운 (朴永運)의 신소설

경남일보는 김홍조(金弘祚)를 발행인 겸 편집인으로 하고, 숭양산인(嵩陽山人) 장지연(張志淵)을 초빙하여 영남 유림들로 주축을 이루어 1909년 10월 진주에서 발간된 최초의 지방지이다.

본고에 든 다른 신문에 비하면 그 발간이 늦은 것은 사실이나, 굳이 이 신문에의 고구(考究)를 내세우는 것은 첫째로 비교적 후기의 신소설에 대한 언급은 현재까지로서는 별무(別無)했다는 점에서 신소설의 전개적 추이를 살피는 데 일조가 되리라는 전제 때문에서고, 둘째로는 학계에서 외면당하고 있었던 매몰된 신소설 작가 하나를 발굴해내려는 의도 때문이다.

전언했던 바와 마찬가지로 소설기자제를 채택하고 있던 경남일보는 소설기자 박영운의 소설이 독무대처럼 발표되어 있다. 현재까지의 필자 조사로는 애락소설 『옥련당(玉蓮堂)』, 윤리소설 『금산월(金山月)』, 신소설 『부벽완월(浮碧翫月)』, 풍화소설 『운외운(雲外雲)』(1913년 7월 2일자 617호), 이 밖에 『교기원(巧奇冤)』등 5편의 소설을 적을 수 있으나, 이미 인용해본 작가의 광고에서 「본기자의 저술한 수십권 소설 중 운운」이라 한 것으로 미루어보면 양으로 따져서 훨씬 능가할 것은 사실이다. 이에 대해서는 고(稿)를 달리해 논급할 기회로 미루거니와, 우선 여기에서는 『옥련당』과 『부벽완월』만을 선택해서 간략히 살펴보려 한다. 이 두 작품은 1912년과 1913년에 발표된 것으로서, 특히 『옥련당』만은 조윤제 박사의 목록에도 끼어 있는 바나, 이 작품을 말함인지 분명하지가 않다.

흔히 신소설을 운위할 때 항용 그 주제의 계몽성을 두고「개화와 자주독립」,「신도덕관과 인습의 비판」이니「신교육 사상의 선전」또는「미신타파요 현실폭로」라는 평가로 정립시키고 있다. 그러나 과연 신소설 전부를 이러한 일률적인 전형화나 긍정적인 측면에서만 평가할 수가 있을까 하는 문제다. 더구나 이인직과 같이 친일사상이 농후했던 사람이 신소설의 작가이고 보면, 한일합방 이후의 신소설 작가들의 작품적 귀결은 어떠했던 것일까? 이를 살피는 데 있어 이 작품들은 매우 중요한 의의를 지니고 있다고 할 것이다.

(1)『옥련당』

『옥련당』이 상권 62회, 하권 73회로 총 135회로 연재된 비교적 긴 양의 작품인 데 비해서,『부벽완월』은 모두 66회로 그 절반도 안되는 짧은 양의 소설이다. 우선『옥련당』의 대강을 적어 보면 다음과 같다.

때는 가을밤, 충청도 청풍군 도화동 이장진(李長津)의 집 후원 연당에 그 딸 옥형(玉馨)은 시비 홍련(紅蓮)이 돌아오기를 기다리며 수심에 잠겨 있다. 그 연유인즉, 그 부친 장진(長津)이 50당년에 관직 때문에 원방으로 가 있는 때문이요, 정혼한 윤병호의 존망거지를 알 수 없는 때문이요, 그 계모와 그 조카 송운서(宋雲瑞)의 구박 때문인 것이다.

그날 밤 늦게 송운서가 옥형의 방에 뛰어들어 그녀를 범하고자 할 때, 시비 홍련이가 취한 운서를 치고 아씨를 구출한다. 그 뒤 계모 송씨와 운서는 옥형과 홍련을 죽이기로 모의한다. 한편 옥형과 홍련도 이 소식을 부친에게 알리려 하는 중, 이미 이를 눈치챈 계모와 운서가 하인 늦복이를 시켜 홀아비 방가와 이가를 삶아 장진의 관인인양 속여 산 속에 데려가 죽이게 한다. 이 것도 모르고 따라 나선 둘은 이들에게 산골 외딴집에서 능욕을 당하게 될 무렵, 귀머거리로 위장한 의협한 여상준(呂尚駿)의 도움으로 위급을 면하고, 두 놈은 죽는다.

그리하여 상준과 옥형은 결의남매가 되고, 그의 집에 머물게 된다. 상준은 이들을 위해 장진에게 연락하러 간다. 이 사이에 다시 운서를 만나게 되나, 그도 귀신인 줄 알고 놀라고, 옥형 역시 놀란다. 그녀는 두려운 생각에 홍련과 같이 남장을 하고 함경도 장진 사또로 가 있는 아버지를 만나러 나선다.

온갖 위급을 당하면서도 장진에 당도하니, 부친은 벌써 강동으로 부임한 뒤다. 부랑패에게 걸려 여기서 다시 욕을 보게 될 무렵, 부친과 친분이 있던 이초시(李初試)의 도움으로 면하게 된다. 이윽고 강동에 다다르니, 부친은 전라도 무안군수로 전임한 뒤라, 옥형은 실심하여 객점에서 몸져 누워버린다. 이초시가 이를 알고 돈을 준비해 보낸다. 이때가 갑오년 청일전쟁이 지난 몇 해 뒤라 서북 각 처에 일본 군용폐와 은행지전이 많을 때라, 지화 200원을 보내고 약을 보낸 것이다.

다시 평양까지 가게 되고, 거기서 무안으로 전보를 치지만, 그간에 벌써 송씨의 모함이 또한 겹치게 되고, 무안으로 찾아온 상준으로 하여 비로소 모든 것이 판명된다. 한편 충주집에 일본 사람을 가장한 윤병호가 일본의 유신사상을 배워 나타났다가 송운서의 밀고로 순교에게 잡힌 바 되어 끌려갈 때, 무안군수의 부탁으로 자기 집으로 옥형을 데리러 갔다가 허사하고 돌아오던 상준이 이를 보고 윤병호를 구한다.

둘은 저간의 내력을 알게 되어, 운서를 조처하러 나선다. 늦복이 부처를 억눌러 모든 자세한 모해와 경과를 알고, 죽지 않을 만큼 두들겨 주고는 다시 옥형을 찾아 감자밥을 먹으며 찾아 나선다. 송씨와 운서는 다시 보복할 것을 다짐한다.

여기까지가 상권의 경개다. 상권 말미에서 기자는 「비록 문명한 이 시대 사람이라도 가이 써 전감을 삼을만하며……권선징악의 보조로 삼고자……」하고 있다. 흥미위주를 고의로 교훈화한 배려다.

다음 하권의 줄거리는 이렇다.

어느새 봄이 왔다. 옥형과 홍련은 대동강으로 나갔다가 배로 떠날 것을 결심한다. 일본상선 해룡환 안에서 두 번이나 춘식이란 건달에게 능욕당할 것을 모면한다. 일본선인들의 도움으로 목포에 도착하여 여관에 들 때도 양춘식이 따른다. 한편 갖은 고초를 겪은 윤과 여(呂)도 화륜을 타고 목포로 떠난다. 교군으로 무안으로 가던 중, 다시 춘식의 간교에 속아 마취약에 의식을 잃었다가 춘식에게 능욕을 당할 무렵, 약사발로 춘식을 쳐죽인다. 마취되었던 홍련도 위기일발에서 목포 여관에서 행선을 알고 달려온 윤병호와 여상준에게 구원을 받고 만나게 된다. 그러나 살인으로 인해 홍련과 옥형은 동네사람들에게 잡힌 바 되고 윤병호와 상준은 무안으로 달려가 위급을 알린다. 군수가 곧 그 동네로 가니 벌써 딸과 시비는 목포 경무청으로 끌려간 뒤다. 양가의 사주를 받은 노파를 잡아감으로써 드디어 둘은 정당방위로 석방된다. 그러나 윤병호는 망명 죄인이라 다시 옥형에게는 근심이 생긴다. 그리고 상준은 홍련과 혼약을 결정하고, 따라서 그녀는 평민이 된다.

이때 일찍부터 홍련에게 음심을 품고 있던 안점룡(安点龍)이란 하인이 사세 불리 하자 도망을 쳐, 송부인 있는 곳으로 달아

난다. 이를 눈치챈 군수는 할 수 없이 사가가 있는 일본으로 피신시키고자 윤병호 내외, 상준 내외를 떠나보낸다. 이때 옥형의 머리모양은 「니학구산고치」로 일본화하게 된다.

이 군수는 그날로 사직원을 내고 귀가하던 중, 순경에게 잡힌다. 돈 400원을 쓰고 풀리어 도망하게 되나 곧 공주에서 다시 잡힌다. 국사범과 내통했다는 명목으로 충주 본집 송씨부인이 반역죄로 고발하였기에 청풍군수가 정부에 밀고했다는 것을 알게 된다. 도망친 점룡이와 송씨의 무고 때문이었던 것이다.

한편 고발을 한 송씨와 점룡이는 어느새 밤마다 불륜의 짓을 거듭하던 중, 하루는 동학당에 끌려간다. 끌려가면서 송씨는 자기의 짝될 동학당 수령이 젊은 청년이기를 바라기도 하고, 자기가 고발한 모두가 죽기를 바란다. 막상 수령을 보는 순간, 송씨도 놀란다. 그것은 공주에서 순검에게 잡혀 끌려가던 중 동학당의 구제를 받아 수령으로 추대받은 영감 이군수였던 것이다. 수령이 그렇게 시켜서 끌려온 것이요, 여기서도 송씨는 다시 뒷날의 간계를 도모할 작정이었으나, 영감의 칼에 죽는다. 그리고 영서, 늦복, 점룡이 3인도 당장에 처단해버린다.

한편 일본으로 간 윤병호와 여상준은 군관학교를 나와 노일전쟁에 일군 소대장으로 자원 참전하고, 옥형과 홍련도 간호학교를 나와 각각 총 맞은 둘을 사지에서 구출해낸다.

그리고 윤병호의 아버지 윤사간도 고국에 돌아오다 풍랑으로 초란도에 표류하게 되는데, 거기서 동학군을 돌려보내고 일본에 입국하다 표류한 이 무안군수를 만나, 모두 충주 옥련당으로 돌아와, 병호·옥형, 상준·홍련 두쌍의 결혼식을 올린다. 「해피엔딩.」

이상의 경개를 보아도 알 수 있지만, 이 작품 역시 신소설이

지닌 바 그 주제의 상식성, 우연성, 성격과 심리의 거세, 사건의 남발 등 문학적으로 검토받아야 할 여지가 너무나 많은 것은 사실이다. 솔직히 말해서 이전의 이인직의 작품세계를 그대로 답습한 듯한 세계다. 우선 윤병호·여상준 같은 개화인은 선인이고, 이들과 맞서는「송운서」「늦복」「점룡」같은 인물들은 악인으로 전형적인 설정을 해놓았다든가, 『치악산』의 계모형 내지 독부형 악인이 그대로 등장한다. 『치악산』의「검홍」같은 충직한 시비로 홍련을 설정했는가 하면, 모함과 살해의 배경을 이인직의 경우처럼 산으로 설정한 점(『치악산』),「백돌이」(『치악산』)나 「구완서」(『혈의 누』) 같은 진취적 개화청년형으로 윤병호를 설정한 점 등 그 유사성에 있어서 일치하는 점이 많다.

허나 그 이전의 신소설보다 현저한 특성은 친일사상의 노골성이다. 흔히 신소설의 시초라는 『혈의 누』가 청일전쟁을 그 출발적인 시간성의 배경으로 하였으나, 다음부터는 별로 현실적인 시간성의 추이보다는 가공적인 시간추이로 전개됨에 비해서, 이 작품은 주로 청일전쟁 이후에서 노일전쟁이 끝날 무렵까지로 한정되어 있는 데다, 한일합방 이후의 작품이란 현실적 조건 때문인지 친일감정이 유달리 노출됨으로써 국권사상을 강조하던 신소설 이전 소설과는 너무나도 이질적 면모를 가져왔기에, 3단계의 과정을 볼 수 있다. 뿐만 아니라 이전의 신소설이 가졌던 주권의식이 상당히 약화되는 결과를 가져온 대신에 흥미를 의식하는 관능적 묘사가 대담해진 것이다. 구상화의 생경이 통속화로 대치된다.

우선 친일적 요소를 더듬어본다면, 이장진(무안)의 사돈되는 국사범 윤사간이 일본에 망명하여 개명한 것은 물론, 옥형이 해룡환에서 일인선부의 보호를 받고 윤병호와 여상준이 일본의 한국침략의 제일보인 노일전쟁에 자원하여 일본장교로 출전을 하고, 또 옥형과 홍련이 일군의 간호부로 종군을 하고, 타의적으로 된 것이나 동학당의 간부 수령이던 이장진이 동학농민군을 무마 해산시키고 일본으로 출항하는 등 후편에 작용하는 친일감정은 여간 강하게 나타나는 것이 아니다. 부친을 찾아나선 옥형이 해룡환 속에서 홍련에게 이렇게 실토하는 데서부터 이러한 특성은 현저해지고 있다.

「홍련」「일본 여자들도 미국이라든지 영국이라든지 그런 먼 나라에 가서 다니는 사람도 있고, 아주 가서 사는 사람도 있다는데요. 이보다 더 빠르게 가는 화룡선을 타고 한 달도 가고 두 달도 가는 곳이라는데요.」
「소저」「이의 그것 참 좋은 풍속이로구나. 일본 여자는 서양국 선지임의 대로 다녀도, 우리같이 위태한 일이 없기에 그렇겠지. 서양국은 그만두고 그렇게 좋은 풍속이 있는 일본구경이라도 한 번 하였으면 좋겠다만은, 에 그 조선풍속같이 무지하여서는 잠시나 어디를 나설 수나 있더냐.」

물론 여기서는 풍속개량과 여권신장의식도 내포되어 있으나, 친일적 색조의 한 경향이 전제된 것이요, 더구나 노일전쟁의 배경과 발단에 대해서 작자는 이렇게 서술하고 있어, 배로(排露)·친일사상이 너무도 역연하다.

이때 청국과 조선은 모두 아라사의 권세요, 아라사의 천지라. 청국 만주 전폭에 수만리 주회안에는 가는 곳마다 아라사의 세력 뿐이라. 광산, 산림도 아라사의 물건이 되고, 철로개시당도 아라사의 물건이라. 여순구(旅順口) 위에는 아라사의 포대 천지요, 여순구 아래는 아라사의 병정 천지요, 동삼성(東三省) 천지는 전혀 아라사 군병 뿐이라. 천하 각국에서 아라사의 옳지 못함을 책망하고, 속히 만주에 있는 군병을 걷어가라는 권고가 한 번이 아니요, 그 중에 동양선진국된 일본은 이웃나라 위태한 것이 곧 자기의 화단이 되니, 마치 이웃집에 붙은 불이 자기 집까지 미칠 염려도 없지 않고, 또 인도상에 곁에 친고의 환란을 그저 보고 있기는 차마 못할 일이라. 누누히 아라사를 향하여 권고를 하였으나, 그 말을 듣지 아니하고⋯⋯(11행생략)

　당당한 일본제국은 암만해도 눈감고 있을 수는 만무할 터이라. 첫째는 청국과 조선을 붙들어 이웃나라 동색인종의 환란을 구제하고 둘째는 자기 나라에 미칠 손해를 방비할 목적으로 수억만 재산도 아끼지 아니하고 수십만 생명도 희생을 삼아, 동양 천지에 처음 난 큰일을 시작하게 되었더라.

이로 미루어 보면 한일합방에서 연유하는 외적 내적 제조건이 작가의 창작상의 자유를 제한한 점을 충분히 계산하여야 할 것이지만, 신소설의 주제의식의 퇴색 내지는 약화가 현저함을 부인할 수가 없을 것이다. 그러나 결과적으로 이 작품은 『혈의 누』의 친일· 배청사상에서 한걸음 더 전개된 친일· 배로사상으로 일본의 침략정책을 합리화시키고 간접적으로 식민정책에 동조한 것은 틀림없는 것이다.

　그러면서도 재래의 소설과 마찬가지로 소설의 교화정신· 계몽의식이란(그 질적 변이는 있으나) 목적론적 효용성에 대한 반성적 의식이 작용했거나 각성되었다고 검토할 수 있는 점은 없는 것이다. 의연한 형식과 구조 속에 친일 귀화적인 무국적의 두드러진 인간상을 제시한 데다가, 대중의 흥미를 의식하려던 나머지, 관능적 묘사가 보다 노출되어진 점이다. 윤리적 교화를 바탕으로 하여 선험적인 악의 대행적인 구현 역활로서의 이전 소설의 막연한 인물과는 달리, 여기서는 그러한 악인이 모두 탕녀나 호색한으로 유형화되어 있다.

　또한 사소한 사건이 모두 성을 배경으로 하여 되풀이되고 있다. 송부인이 그렇고, 송운서· 춘식· 점룡· 늑복이가 다 그러한 유형일 뿐 아니라, 소설 전편에서 차지하는 관능적인 전개의 비중이 두드러진 점도 그러하다 할 것이다.

(2) 『부벽완월(浮碧翫月)』

이같은 점은 『부벽완월』에서도 그대로 역연히 나타나고 있는 점이다. 김초시 순학의 후취 부인인 현부인 한씨가 그 아우 동서인 부정한 홍씨의 꼬임에 빠져 부벽완월차 영명사로 올라갔다가, 젊은 중에게 봉욕을 당하는 것에서, 수년 뒤 다시 아들을 찾기까지의 「해피 엔딩」의 소설이다. 작품 말미에 붙은 작자의 말처럼 미신타파와 풍속개량의 의도가 없는 바 아니다.

> 원컨대 세상 사람은 미신에 주의하여 신령을 믿지 말고, 능히 도덕 공리를 스스로 지켜서, 야만미개하던 옛날 세상을 변개하여, 완전무결한 문명 공리에 도덕세계를 만들어, 한 번 새롭고 새로운 새 천지를 한가지로 보기를 원하노라.

그러나 이런 미신타파의 사상도 허황한 관념으로 주장했던 나머지, 강한 불교 부정의 빗나간 결과를 가져오기도 했던 것이요, 구조적 갈등의 적대자는 한결같이 호색한으로 규정되어 나타난다. 뿐만 아니라 의연히 봉건적인 신분적 계층의 충비형인 「옥섬」이 등장하는가 하면, 우연성이 개재하고 있어 구조적 변화가 없음은 물론, 이조소설적 해설과 잔재가 확연하기도 하다. 그러나 이 해설은 실로 위장술이다.

이상과 같은 신소설의 귀결을 보고, 필자는 하나의 의의를 제기코자 한다. 과연 재래의 여러 논자들이 제시하고 있는 바처럼 신소설이 그렇듯 강한 자주의식을 갖고 있었느냐 그렇지 않으면 막연히 새로움에 대한 의식적인 강박관념하에서 새로움을 유행적으로 따르려는 심리적 결과에 있었겠느냐 하는 문제다.

이를테면 항용 말하는 바 자주독립사상의 고양이 그 강한 주제였다면, 어찌하여 후기작품의 경우에는 그렇듯 친일적이며, 일본의 식민정책을 그렇듯 합리적으로 동조하는 결과를 빚어낸 것일까? 그리고 또한 설사 선진문명사회와의 교류와 해외유학 장려를 다루어 왔다고 한들, 그것이 또한 국민의 개화적 의욕을 일본이란 대상을 주로 한정하게 함으로써 한일합방에 선구적 역할뿐만 아니라, 일본의 식민지정책에 대한 간접적인 찬양으로 이끌어간 결과가 되고 보면, 신소설 작가들의 역사의식이 긍정적인 평가만으로 정립될 수가 있는가 하는 문제다. 이 점에서 정당한 평가가 아쉬운 것이다.

그런 점에서 이 경남일보는 신문으로 보아서는 최초의 지방지란 의의를 가지고 있으며, 신문학사상으로 볼 때는 신소설의 귀결을 살피는 유력한 한 자료로 평가되어질 수 있다. 그것은 그 작품의 친일적 성격과 노예적 도덕률의 신자인 인물의 의연한 등장, 동학당 수령이 일본으로 가는 유행적 개화의식, 조선에 애국하기 위해 일본의 충성스런 선봉이 되는 한국 청년을 그리고 있는 『옥련당』이 바로 여기에 연재되어 있기 때문이다.

8. 개 요

　대략 앞에서 언급한 바처럼 갑오경장 이후에서 이인직의 『혈의 누』가 나오기 조금 앞서까지의 소설을 대상화해서 고구코자할 때에는, 그 무렵의 유일한 발표 매개체인 신문을 전제하지 않을 수 없는 것이다.

　그리고 그 무렵의 문예사의 한 특성으로 규정지을 것은 이조소설의 해체와 약화요, 또한 이에 대치할 만한 형태의 구체적이고 이질적인 새로운 형태의 소설이 없었다는 상대적 폐쇄성의 공간을 이야기할 수 있다. 막연한 근대적 징표와 급진적인 정치 사회에의 개화의욕으로 해서 적어도 이조소설과 신문의 소설과는 현저한 단절을 구획할 만한 엄격한 한계점이 있지는 않다. 구조적인 요소의 상동성이 있어 상호연관이 없다라고 단정시킬 수도 없는 데다, 막연한 근대성이나마 주장하고 있어 내용상 어느 정도의 상위성도 있어서 이질적 평행성과 평행적 이질성이란 양성을 병렬시키고 있는 것이 이 시대 문예사의 한 고유성이다.

　그러나 적어도 이조소설과 신소설이란 그 중간적 시점의 개화기 신문의 소설이 가진 그 독자적 성격유형은 그것이 개화의욕과 국권의식의 고양이란 한 시대적 특성을 갖고 있다는 점이다. 따라서 제재의 과거성이나 근대적 감각의 부재라고 규정해 버려도 좋을 근거로 낙찰될 문제는 아닌 줄 안다.

　그리고 또한 설화체의 서술문이란 문체 규정도 재고되어야

제 1 부　한말(韓末)의 신문소설　71

할 것으로 안다. 오히려 시대나 사회풍자의 두드러진 한 희문적 성격을 마땅히 평가해야 옳을 것이다. 물론 새시대의 첨단을 대표하는 신문에 발표된 이들 신문소설이 초라한 형태의 소설이란 점과, 그 이유로서 새로운 시대적 감각에 일치할 수 있는 전문적 직업적 작가가 탄생치 못했다는 것도 사실이다.

그러나 이는 쇄국적 교양과 문호개방에 의한 급진적 개화의 욕이란 상반된 교차관계가 주는 시간의 공간이란 한국적 변천과 불가불리의 관련성을 갖고 있다 하겠거니와, 신소설 문학의 형성과정이 무서명소설에서 비롯하였다고 하나, 형태상으로 보아서는 소설적 양상에 있어서 그러한 연속을 증명할 근거가 상당히 희박한 것이다. 또한 이인직 등의 신문 참여가「만세보」무렵이라는 점을 감안할 때 무서명 소설을 주로 신문기자가 집필한 이상 그와 같은 무서명 소설이 많이 써왔다고 본다는 사실도 무리가 아닐 수 없다.

더구나 친일적인 이인직이 주로 이 무서명 소설을 많이 싣고 있는 반일적인 대한매일신보에는 그런 작품을 게재할 수도 없었으려니와, 또한 내용상에 있어서도 이인직의 신소설 작품들과 무서명 소설과의 유연관계를 찾아낼 필연성들이 없는 것이다. 다만 이 무서명 소설이 일본소설의 영향과 함께 신소설 형성의 한 기반이 되었을 것은 틀림없으리라.

다음으로 신소설의 주제의식을 현재까지 주장한 바처럼 긍정적인 측면에서만 볼 수는 없다는 점이다. 이전의 신소설의 요소를 집약적으로 구비하고 있다 할 경남일보의 신소설을 볼 때, 더구나 무서명 소설과는 그 주제가 상반되고 있는 것이 사실이다. 계몽적인 개화의식과 과도기적 소설로서의 문학사적인 공적은 있었다고 할지라도, 일본의 후광을 받고 일본 문장의 후원 아래 쓰여졌던 이 신소설의 귀결은 결국 일본의 식민정책을 합리화시켜주는 친일문학으로 귀착했으며, 통속문학으로 끝나버린 과오가 있음을 솔직히 인정하지 않아서는 안될 것이다.

그리고 소설사적인 면으로 보면, 그 주제 의식은 무서명 소설의 국권의식 내지 개화의식이, 전성기 신소설의 풍속개량의식, 그리고 후기 신소설의 친일의식이 그 특징이라 할 수 있을 것이다.

마지막으로 언급하고 싶은 것은, 일인들에 의해 발간된 신문의 소설 게재는 신문의 독자 확대를 통해 상품광고를 하려는 의도인 것으로, 소설의 오락성을 이용한 것이다. 신소설의 친일적 요소 또한 여기에서 비롯되는 것이다.

제2부 작품편

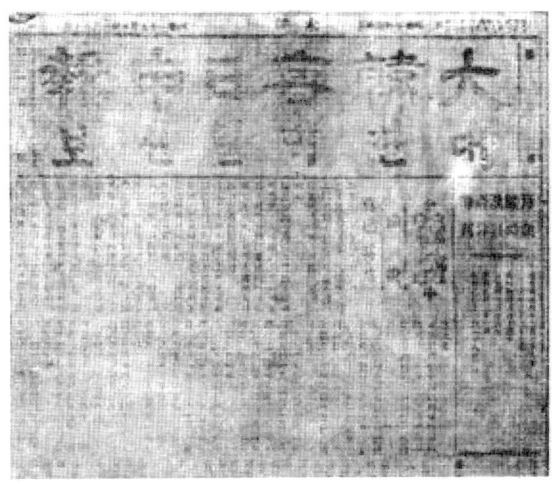

소경과 앉은뱅이 문답

　일전에 어떠한 소경 하나가 막대를 두덕거리고 모처 망건1)가게 앞으로 지나가는데 그 곳에서 망건일하는 앉은뱅이가 그 소경을 불러 가로되,

　「여보게 그 동안 어찌하여 오래 만나지 못하였나?」

소경이 대답하되,

　「자연 그렇게 되었네마는 그 동안 술이나 잘 먹었나.」

　「여보게 아무 말 말게. 말하면 기가 막히네. 술은 먹기는커녕 술 먹는 사람의 입도 구경 못하였네. 전일에는 가로상에 술 먹고 주정하는 자도 많더니 근일에는 별로 얻어 볼 수 없네. 아마 후주2) 죄인으로 잡혀갈까 두려워함인지.」

　「아니 돈이 귀하여 그렇지. 신화3)한 푼 얻어 보기는 하늘에 별따기오, 구화조차 구경할 수 없으니 어느결에 술 먹을 수 있으며 먹는들 취할 수 있겠나. 전에는 내가 문수4) 소리를 지르고 돌아다니면 이 집 저 집에서 불러들여 하루 못 벌어도 삼 사십 냥이더니 근일에는 다리에 가래토시가 서도록 다녀도 삼 사푼을 구경치 못하니 참 살 수 없어.」

　「자네는 그렇지. 나도 이왕에는 망건을 세개만 맡아도 매일 사 오십냥 오 륙십냥을 벌어 고기도 사먹고 술도 먹었더니 근일

---

1) 망건-網巾· 상투 있는 사람이 머리에 두르는 그물처럼 생긴 물건.
2) 후주-酗酒· 술에 취해 정신없는 짓을 함.
3) 신화-新貨.
4) 문수-問數· 점쟁이에 길흉을 물음.

당하여는 돈도 귀할 뿐 아니라 머리 깎는 사람 많아서 제가끔 망건을 팔아먹으려 드는 까닭에 생애 없어 죽겠네.」

「그 말 말게. 자네나 나나 그만 두고 우리보담 십배는 잘 벌고 잘 쓰던 대상고5)들도 전문6)을 닫친다, 도망을 한다 하니 돈은 참 귀한가 보데.」

「그렇지만 아무 것도 아니하고 전복이나 입고 뒷짐이나 지고 남북촌 재상의 집으로만 돌아다니는 사람들은 무엇을 먹고 사는지, 우리 같아서는 돈 없으면 꼭 죽을거네.」

「이 사람 그런 괴사7)의 말 하지 마소. 그 사람들이 공연히 다니는 줄 아나. 모두 곡절이 있어 다닌다네.」

「그러면 협잡 속이지. 협잡도 한 두 가지요, 하루 이틀이지 일년 삼백 육십일에 허구장천 무슨 협잡이 그리 많단 말인가. 필연 겉은 번번하나 속은 성에가 버석버석 할 터인즉 때문에 나올 때에 트림하고, 가래침 곤두 올리는 것은 속담에 이른바 「냉수 마시고 이쑤시는」 모양이지.」

「아닐세. 그런 협잡질하러 다니는 사람들은 배포와 경륜이 따로 있어 어디든지 가면 남의 비위를 잘 맞추어 입을 열면 소진8)의 구변이오, 꾀를 내면 진평9)의 묘계가 있는 듯하여 기인 편재 일등이오, 주사 참봉 시킨다고 기천냥 기만냥을 빼앗는 날은 도둑놈의 계집같이 먹성 좋게 잘 먹으며 조자룡이 헌창 쓰듯 보기 좋게 잘 쓰고 지낸다네.」

「그런거야 근일에 마주사 전참봉도 그런 협잡배의 수단으로

---

5) 대상고- 大商賈.
6) 전문- 廛門.
7) 괴사- 怪邪.
8) 소진- 蘇秦· 春秋戰國時代에 論客.
9) 진평- 陳平· 한고조 밑의 신하.

된 것이지.」

「이 사람 실 없는 말 작작하게. 속담에 상말로'개가 돈이 많으면 멍첨지라' 한다는 말은 혹 있지마는 마주사 전참봉이란 말은 금시초문일세.」

「자네는 공연히 남 보고 실 없다 하지 말게. 자네는 눈이 멀어 보지는 못한다 하거니와 소문조차 못 들었단 말인가?」

「자네 말한 바 멍첨지는 짐승의 멍첨지오, 나의 말한 바 마주사 전참봉은 사람의 마주사 전참봉이라. 일전 관보에 게재되었다네.」

「이 사람 자네는 다리가 병신이라 하되 돌아다니면서 소문은 빨리 듣네. 가위'시골 앉으뱅이가 서울 조정 공론한다'는 말이 자네께 꼭 맞혔고.」

「참 이상한 일 세상에 많아. 지금같이 전황10)한 때에도 군수 주본이 된다 하면 사면에 돈 내왕하는 소리에 귀가 아프니 이렇게 귀한 돈을 일 이냥도 아니오 몇 만냥, 몇 천냥을 돌려내는 것 보면 참 돈이 제갈량이라 하되 그 사람들도 제갈량이지.」

「그러나 저러나 큰일났어. 관찰 군수를 조정에서 겉으로는 택차11)하여 보낸다 하여도 그 사람이 그 사람 같으며, 이전에는 백성들이 선정 불망비12)를 세우더니 지금은 악정 불망비가 서게 되었은즉 사람마다 불망비 하나씩은 다 얻을 모양이지.」

참 근래는 관찰 군수의 불망비는 거리 거리에 많이 섰데. 선치를 하여도 비를 세우고 불치를 하여도 비를 세우며, 선정을 한 자도, 원류13) 악정을 한 자도 원류하니 그 셈판은 참 알 수

---

10) 전황-錢荒· 돈이 귀함.
11) 택차· 인재를 가려서 벼슬을 시킴.
12) 불망비- 不忘碑.
13) 원류-願留· 백성이 고을 원의 유임을 바라는 것.

없어.」

「그 무엇이 알 수 없나. 선정을 하든지 악정을 하든지 백성들이 잊지 못할 일은 한 가진즉 이렇든 저렇든 불망비는 일반이오. 불치를 하든지 선치를 하든지 원류함은 이 사람이나 저 사람이나 일반인즉, 묵은 사람에게는 이왕 많이 먹혔은즉 다시 더 먹힐 것 없거니와, 새로 새사람 오게 되면 또 먹으려고 혀를 둘러 갖은 악정도 할 터이니 돈 몇 천냥 빼앗기라면 죽을 고생도 한다네. 불치하는 자의 원류는 새로 오는 자를 두려워함이오, 선치하는 자의 원류는 참 애석하여 함인즉 이래도 원류, 저래도 원류는 일반이지, 무엇이 알 수 없어.」

「벼슬인지 청올친지 하게되면 공명도 공명이거니와 첫째는 충군애국14)이오, 둘째는 위부모처자15)할 경륜인데 돈을 들이고 하겠으면 벼슬을 사는 것이라, 그 벼슬 사가지고 들인 돈 빼려 하면 박탈민재16) 아니고는 할 수 없으리니, 백성은 나라의 근본이라, 근본을 흔들면 나라가 위태한 즉 두국병민17) 역적이오, 만구일담 청 원소리 살아서도 죽은 모양이니 사람은 못 할 바라. 그런 말 하고 보면 가위 불가사문어18) 타인일세.」

「그런지 저런지 관찰군수 노릇도 점점 재미없나 보데. 탐학으로 늙을 수단하고 싶지마는 사면에 걸리는 일 많아 못하나 보데. 그 중에도 조금 낫다 하는 자도 있지마는 언필칭 지방관리 탐학한다 하니 가위 일불이살육통19)일네.」

---

14) 충군애국-忠君愛國.
15) 위부모처자-爲父母妻子.
16) 박탈민재-剝奪民財· 세력을 이용하여 백성의 재산을 뺏음.
17) 두국병민-蠹國病民· 나라와 국민에게 해를 끼침.
18) 불가사문어-不可斯文語
19) 일불이살육통-一不二殺六通· 한가지의 잘못으로 여러 가지가 잘못됨.

「지방관리더러만 잘 못한다 할 것 아니지. 대관절 정부대신네들이 돈을 받고 팔아먹는 까닭인 즉 정부대신이 시키는 것 아닌가. 가위 상탁하부정[20]일세. 관찰이니 군수이니 지방에 보내기는 첫째는 치민이오, 둘째는 봉세[21]인데, 지금은 어떻게 된 심판인지 백성을 두드려 가며 돈 뺐어먹는 것이 치민으로 아니, 다스릴 첫자는 두드릴 첫자로 알고 세납을 독봉하여 국고에는 상납치 않고 자기네 뱃속에 넣어 버리니 봉세라는 봉자는 삼킬 봉자로 아는 모양이니, 당초에 글자를 잘못 배운 탓인지.」

「아닐세. 어려서부터 보고 들은 가장지학이지. 속담에 이른 바'새우는 대대 곱사등이오, 콩 심은 데 콩 나고 팥 심은 데 팥난다'하니 그와 같이 청백한 집안에서 청백한 자손이 나고 탐학하던 집안에서 탐학하는 자손이 있나니, 그런 고로 효자문에서 충신이 난다 함이 어찌 글자를 잘 못 배웠다 하리오.」

「그도 그렇지마는 가장지학이라는 말은 용혹무괴[22]한 말이나 대대 곱사등이라는 말은 과격의 말일세. 자네는 자식을 낳으면 앉은뱅이 낳고 나는 눈 먼 놈 낳겠나. 모두 저 되게 있지.」

「그러게 말일세. 사람은 교육하기에 있나니, 교육을 잘 못하면 불량배도 되고 교육을 잘 하면 현인군자 될지라. 그 교육의 관계가 어떻다 하겠는가.」

「이 사람 교육인지 무엇인지 짜른 해 길게 보내고 입에서 바람 들이며 쓸데 없는 말 그만 두고 돈이나 얻거든 술이나 한잔 먹세.」

「여보게, 이 사람. 자네커니와 오비가 삼척[23]일세. 그전에는

---

20) 상탁하부정-上濁下不淨.
21) 봉세-捧稅· 세금을 거두어 들임.
22) 용혹무괴-容或無怪· 혹시 그럴 수도 있어 괴이함이 없음.
23) 오비삼척-吾鼻三尺· 내 코가 석자.

아무리 구차하여도 주머니에 돈냥 떨날 날이 없더니 지금은 매복 한자리 못하고 치성 한자리 못 맡아 참 돈 귀하여 못살겠네.」

「이 사람, 딴소리 말게. 지금 판세를 가만히 보면 '개화' 니 '문명' 이니 한다고 머리는 잘들 깎았나 보네만 속에는 전판 완고의 구습이 가득하여 겉으로는 어찌 개명 진취의 뜻이 있는 듯하나 실상은 잠을 깨지 못하여 길에 다니는 자들이 말짱 코를 골고 다니니 비유컨대 고목나무 겉은 성하나 속은 좀이 먹어 들어가는 모양이라. 참 겉 개화라 할 만하여, 내 망건 생애만 조잔24)하여 갈 뿐이오. 조금 별 수는 없을 터인데 자네 복술에는 관계치 아니하리.」

「남 화나는 말 하지 말게. 자네는 듣지도 못하였나. 지금 경무청에서 무당과 판수를 엄금한다네. 무당은 사지백태가 멀쩡하여 아무래도 관계치 않거니와, 우리 눈깔 멀은 소경놈은 아무 것도 할 수 없고 다만 배운 바 경 읽고 점치는 수밖에 없으니 내가 내 생각하여도 꼭 죽었지, 다른 계책 없음네.」

「여보게, 아무리 금한다 하되 꽤 고루 잘들만 하나 보네. 사람마다 잠을 깨어 정신이 있게 되면 경무청에서 아무리 경 읽고 굿하라고 권하여도 아니할 터이지만 혼몽 중에 있는 사람들이야 아무리 금하기로서니 될 말인가. 나야 들은 말이지마는 자네 배운 생애는 없어져야 나라가 흥왕할 터일세.」

「이 사람, 남의 말은 식은 죽 먹기 같이 잘 하네. 그렇게 말할려면 자네 배운 생애는 무엇이 유조25)한가. 나의 배운 바 경문과 복술은 빈말이라도 축사나 하고 길흉이나 판단하다 하지만 그 망건 갓은 무엇하나.」

---

24) 조잔-凋殘· 말라서 쇠약함.
25) 유조-有助.

「아닐세. 망건이라 하는 것은 예의지국의 관으로서 왕의 고풍이니 일조에 없지 못 할 것이지.」

「딱한 말 많이 하네. 자네 아까 하던 말은 어찌 개명의 의취가 있는 듯하더니, 지금 말은 우부의 말일세. 참 단지기일이오, 미지기이로다.26)

그 망건의 폐단을 대강 이르리라. 사람의 머리는 가히 정신 든 주머니라 할 터인데 그 정신 주머니를 잔뜩 졸라매어 혈맥이 자유활동을 못하게 하니 사업에 유해무득이오, 사치하는 자는 고운 인모라, 곱슬이라 하는 것으로 만들어 쓰고 보면 그 망건의 체격 맞춰 갓과 의복이며 탕건까지 곱게 하니 경제상에 유해무득이오, 가난한 자는 구멍이 뚫어진 것을 깁지도 못하되 아니 쓸 수 없어 쓰고 보면 추루27)가 막심하여 속담에 이른바 '망건이 헤어지면 석숭이라도 가난하여 보인다' 하거니와 외모에도 유해무익이라. 그 허다 폐단을 어찌 다 말 하리오마는 이전에 명태조가 망건을 내어 우리나라 사람들을 쓰게 할 때에 사람의 머리에 짐승의 털을 붙이란다고 한사코 피하다가 기어이 씌었는데 그 후 몇 백년 후의 사람에게 해롭다고 벗으라 한 즉 또 벗기 싫다고 하였단 말 듣지 못하였나. 도시 사람의 습관이지 무슨 선왕의 제도를 존중이라 그렇던가. 그런 언짢은 것은 왕의 고풍이라 칭탁치 말고 어진 정치와 아름다운 규모를 좀 선왕의 유풍이라고 숭상하였으면 부국개명28) 되련마는……」

「여보게, 그러면 자네 생애나 내 생애나 사람에게 유해무익되기는 피차 일반인즉 숙시숙비29) 그만두고 나라에 유익하고 인

---

26) 단지기일 미지기이-但知其一 未知其二.
27) 추루-醜陋· 더럽고 지저분함.
28) 부국개명-富國開明.
29) 숙시숙비-孰是孰非· 시비가 분명치 않음.

민에게 유조한 것을 좀 하여 보세.」

「무슨 회사 같은 것 하나 조직하여 내 나라 물건으로 외국 돈 뺏아오며 상업을 발달하여 돈을 많이 벌었으면 나라에 원납하여 국용30)을 보태가며, 학교를 설치하여 인민을 교육하며 전문을 장만하여 부모를 봉양하며 가옥을 넓게 지어 처자를 양육하면 장부의 행사가 쾌활치 못할손가.」

「이 사람, 돈은 벌기 전에 할 것은 많이 있네. 가위 노루 잡지 않고 골모감 먼저 마련한다는 말과 같도다. 무슨 재력으로 회사 설치하고 무슨 근력으로 외국돈 빼앗아오나. 천하 만사가 도시 돈 없는 연후사 제 아무리 생각만 있은들 우리 주변으로는 할 수 없네.」

「그러면 그것도 못하면 굶어 죽었지 별 수 있나. 참 무전천지에 소영웅이란 말이 옳도다. 장사를 하자 하니 돈이 없어 못하고 모군을 서자하니 다리가 짧아 못하고 훈학을 하자 하니 학문이 없어 못하니 무엇을 한단 말인가. 뜻이 있으나 소용이 없으니 한갓 애닯을 뿐일세. 우리는 다 틀렸네. 우리 자식들이나 잘 길러 그 덕이나 볼 수밖에 없지.」

「정신 서푼어치 없는 말도 하네. 그 자식도 기르려면 먹이고 입혀야 하고 덕을 보려하면 잘 교육을 하여 성공을 시켜 놓고야 할 말이지. 당장 죽을 지경인데 무엇으로 양육하나. 공작이라 납거미 먹고 살까.」

「그래도 천불생무록지인31)이라 하니 어떻게든지 먹고 살 터이오. 메밀도 세모에서 굴러가다 쓰는 모가 있다 하니 매양 그러 할까.」

---

30) 국용-國用.
31) 천불생무록지인-天不生無祿之人· 하늘이 祿 없는 사람을 내지 않는다는 뜻.

「믿기는 매우 잘 믿네. 자네 경문이니 복술이니 배워가지고 돌아다니며 남을 속이던 행습으로 자네 마음까지 속이나 보이. 남을 잘 속이는 놈은 저까지 잘 속인다더니 자네한테 두고 이른 말이로다. 남의 길흉화복 판단치 말고 자네 길흉 좀 물어 보게.」

「기막혀 말 한마디 할 수 없군. 속담에'무당이 제 굿 못한다'는 말 있지 않은가. 제 점은 못 한다네.」

「그러면 지금 시국에 이렇게 전황하여 사람마다 죽을 지경이니 그 돈이 언제나 유통되겠나. 점 한괘 쳐서 보게.」

「아닐세. 점도 이치로 마련한 것은 세상 만사가 모두 이치 밖의 일은 없는지라. 그 돈 유통되기를 생각하면 제가끔 눈을 부릅뜨고 없던 정신 깨어가며 무슨 사업이든지 하여 내 돈도 주고 남의 돈도 뺏아 여기 저기 행화하면 자연 융통되지, 아무 것도 아니하고 융통 되기를 바라면 누가 그저 갖다 줄 터인가. 속담에 말로'부뚜막의 소금도 집어 넣어야 짜다'하는 셈으로 무엇이든지 돈 생길 일을 하고 바라지, 겉물로는……」

「그렇지만 무슨 사업을 하려 해도 돈 구경을 해야 하지. 돈 없이 정신만 차리고 눈만 부릅뜨면 사업이 될 터인가. 이 세종로 판에 장사하던 사람도 못하는 것 보게. 그 사람들은 눈깔 감고 정신없어 누구에게 도둑맞아 그러한가. 도시 신·구화 교환에 행용하던 구화는 한 곳으로 몰려들어 가고 신화는 나오지 아니하는 때문에 여수가 막혀 그러한 것이지.」

「그는 그렇지. 물귀즉천32)이오, 물천즉귀라 하니 돈도 하 너무 천하였으니 좀 귀하여야 유의유식33) 건달패류 잠을 깨어 돈

---

32) 물귀즉천 물천즉귀-物貴卽賤 物賤卽貴.
33) 유의유식-遊衣遊食·하는 일 없이 놀고 먹음.

귀한 줄 알고 어떻게 하면 돈 벌 일도 생각할 터이니, 우리도 아무리 곤란하나 할 것 없이 내 손으로, 내 손으로 내 옷 찢은 줄로 알 것이오. 온 세상에 잠든 사람끼리는 일로 할 뿐이라. 수원수구34) 한을 마소.」

「여보게, 참 가로에 앉았으면 기막힌 소리 많이 듣겠네. 일전에는 어느 외국 사람들이 지나가며 말하는데' 한국 사람들은 위협과 압제로 자란 사람인고로 우리에게도 의례히 압제받을 줄로 아는 터인즉 우리들 그 사람들에게 위협과 압제를 아니할 수 없고, 그 압제와 위협을 아니하고 보면 아무일도 아니되고 심지어 모군35) 하나 얻어 부릴 수 없을 터이라. 그런고로 아까 아무 데서 아무가 한국 사람에게 짐을 지어가지고 와서 그 삯전을 내 마음대로 준즉 그 삯꾼이 돈이 적다고 하지 않던가. 그리하여도 그 사람이 눈을 부릅뜨고 뺨을 때리려 하며 소리를 크게 지르니까 그제야 물러서서 아무 말도 못하고 가지 않던가. 그 셈으로 지어 정부대관까지라도 그렇게 교제를 하고 보면 참 외교의 수단이 있는 사람이 되고 그런 경위를 알지 못하여 사람이 사람대접하는 동등 대우를 하게 되면 가위 외교수단에 어두운 사람이 되나니 진소위 입향순속이라는 말이 옳다' 하며 서로 웃고 가는 것을 보니 하나는 우리나라에 나온 지 오래되어 풍토선악과 인심세태를 짐작하는 자이오, 하나는 처음으로 나와 아직 우리나라 풍속을 모르는 자인가 보네. 몇 날 지내고 보면 그런 수단이 또한 능할 모양이니 그 말로 볼진댄 우리가 우리 말로 사람이라 하지, 저 외국 사람들은 사람으로 아지 않고 다만 우마에게 의복 입혀 놓은 일개 동물로 아는 모양이니 어찌 통분치 아니하며 그

---

34) 수원수구- 誰怨誰咎· 누구를 원망하거나 꾸짖을 곳이 없음.
35) 모군-募軍· 품팔이.

전에 우리나라 사람들이 외국을 지목하여 오랑캐니 무엇이니 하며 자칭 동방예의지국 사람이라 하던 것 생각하면 참 가소롭지 아니한가.」

「그런말 하지 말게. 보고 듣는 것이 도리어 병통일세. 우리나라 대관들의 소론이니 노론이니 하는 좋은 문벌 공연히 내집 사랑 구석에서나 자제하지, 외국 사람에게는 문벌자세도 못하고 도리어 그 사람에게 의뢰하기를 도모하니 그 처신을 논하면 대관이 소관만도 못하다네.」

「그말 말게. 이 근래 각부 대신네들 출입시에 보겠으면 기구도 굉장하데. 순검·병정 옹위하고 일(日) 헌병 일 순사가 좌우로 보호하여 추종이 벌떼 같으니 그 영광이 어떠하며 그 위엄 어떠한가. 사람마다 못하리라.」

「이 사람 명담이로다. 그네들의 부귀 영총을 의논하면 수모 수모 당세의 제일이라. 그 악명 그 신세는 우리만도 못하도다. 화당금옥의 금의옥식은 만민의 고혈이오. 거마복중의 영광 위엄은 나라의 난신이라.

자주권리 반점 없이 외국인을 의뢰하여 전국 이익 주워가며 황실이권 빼앗아다 외국으로 돌려보내어 강토는 점점 줄어가고 황권은 날로 미약하여 만민은 도탄이오, 도적은 봉기하니 국세의 위급함은 조석이 난보로다.

그 까닭 설명하면 지금 소위 각부대신 매국하는 수단으로 만든 것이라. 무제한 전국 인민 곡절 없이 남의 노예 될 터이니 그 죄를 의논하면 한국에는 역신이오, 외국에는 충신이라. 죽기를 면할손가. 그런고로 제 죄를 제가 알고 순검 병정 청득하여 주야로 보호하니 그 보호는 매양인가. 인군을 공동하여 나라를 팔아먹기도 사람마다 못할 바라.」

「여보게, 참 이번에 또한 한·일 신조약이 성립되어 일본서 우리나라에 통감부를 설치하는데 그 위치는 경복궁 안으로 된다 하니 그 신조약은 무엇이며 통감부는 어찌하는 것인가. 자네는 똑똑하니까는 좀 들었으면……」

「나도 자세히 알지 못하나 그 신조약은 우리나라 외교권을 걸어다가 일본 동경으로 이설한다 함이오. 그 통감부라는 것은 통감 있을 처소요, 통감은 외교권이나 기타 범백 사위를 모두 감찰하는 관원의 벼슬 이름이라네.」

「그러면 외교권이라는 것은 우리나라 외부와 각국 공사관에 교섭하던 권리 아닌가. 그 외교권리가 일본으로 가고 보면 우리나라 외부라, 각 항구감이라 하는 것은 무엇하나. 불공자파될 터이오, 각국 공사 여기 있어 무엇하나.」

「철환본국 할터이니 참 그렇게 되고 보면 우리나라는 정말 독립국이 될 터이지.」

「미친 사람의 말이로다. 나라는 그만두고 일개인의 일로 말하겠으면 가령 김가의 집에서 잔치를 개설하고 각처 빈객을 모두 청하여다 놓고 그 주인이 능히 접대치 못하여 그 이웃집 사람 최가에게 부탁하면 비록 그 집과 음식은 김가의 것이나 그 대접의 잘 하고 못 하기는 최가의 마음에 달렸나니 그 빈객들이 무엇을 청하든지 치하를 하던지 하려면 필경 접대하는 최가에게 말할 터이니 구태여 이가 보고 말하잘 건 무엇인가.

그와 같이 우리나라 정부에서 외교 권리를 일본에 주고 보면 열강제국에서는 무슨 국제상 일에 대하여 대소를 불계하고 그 외교권리 잡은 일본과 교섭할 터이니 권리 없는 우리 정부와 의논할 도리 있나. 그러한즉 세계 열강과 대등국이 못되고 남의 나라 속국이나 다름 없어, 내일을 내가 못하고 남의 손 빌어 하니 무엇이 자주국이며 무엇이 독립국이라 하리오. 자주독립 헛말일세.」

「여보게, 나는 남들이 독립 독립하기에 외국과 상관이 없이 홀로 지내는 것이 독립으로 알고 각 공사가 걷어가면 독립이 되는 줄로 알았더니 지금 자네말 듣고 보니 내일을 내가 하고 남에게 의뢰치 아니하는 것이 독립이로다.

그렇게 중한 권리를 무슨 주의로 남에게 준단 말인가.

근일에 정부회의를 자주 한다더니 그런 일 하였구면. 자네 아까 말에 병정 순검과 일 순사 일 헌병을 보호로 세우고 다니는 것이 영광이오, 위엄스럽다 하였지. 그 무엇이 영광인가.

나라를 사랑하고 백성을 무휼하며 인재를 배양하여 교육을 발달하며 농· 상· 공업 권면하여 재원을 융통하며 내정을 밝게 하여 관리를 택용하며 외교를 믿게 하여 인방을 친욕하면 개명 진취 절로되어 국부민강 할 터이니 누구를 부러워하며 나라가 적다 하나 지방이 삼천리오 인민이 이천만이라, 무엇을 꺼릴손가. 그런 생각 던져두고 캄캄 어두운 그믐 칠야에 혼몽을 못깨는지 내 나라 팔아가며 내 권리 주어가며 고식지계 도모하여 인군에게 득죄하고 백성에게 적원36)하여 일신 성명 보존코자 외국인에게 보호를 요구하니 죄상은 통한하고 정경은 참혹토다. 충군애국하였으면 내 나라 내 백성에 무엇을 고기하며 만인이 축원하되 어질고 착한 우리 상공 백수무강 송덕으로 유방백세37)하련마는 악하고 추한 물이 난신적자38) 죄명으로 누치만년 하차하니 가련코 가통일세.」

---

36) 적원(積怨)-오래 쌓인 원망.
37) 유방백세-流芳百世· 꽃다운 이름이 후세에 길이 전함.
38) 난신적자-亂臣賊子.

「여보게, 속담에 하기를 '남의 굿에 춤춘다' 는 말은 있지만 지금 일본이 남의 나라 일에 무슨 열심이 그리 있어 충고니 권면이니 하고 내외 정치를 모두 간섭하려 덤벙이니 무슨 까닭인지 몰라.

일전 제국신문에 떡타령이 참 명담이데. 그와 같이 지금 이렇게 밝은 세상에 다른 나라 사람들은 눈을 크게 뜨고 세계형편 보아가며 내 나라 내 인종에 유익하고 좋은 업적 제가끔 하려는데, 슬프다, 우리나라 사람들은 눈을 감고 잠을 자니 무엇을 아니 잃으며 무엇을 아니 빼앗길까. 무슨 일 한다는 것 보겠으면 나라는 망하든지 도무지 불계하고 제 한 몸의 비기지욕만 생각하여 사사이 낭패하니 전국의 혈맥되는 재정기관을 남에게 양여하여 정치인지 목둑인지 한다고 재정이 탕갈하여 일국 생명이 아사지경을 면치 못하게 되었으니 생명이 다 죽으면 나라가 어찌되며 나라가 없게 되면 정부는 있을손가. 통곡할 자 이것이오. 기타 광산이나 산림이니 어업이니 통신원이니 하는 전국에 큰 이익되는 것은 사분오열하여 조각조각 떼어내어 외국인을 나누어 주고 철도지이니 군용지단이니 하여 소중한 나라 강토를 위협에도 빼앗기며 호의로도 주어가며 각색으로 꾸며내는 허다 폐단은 사람에게 비유컨대 만신창 주마창 각종의 악한 종기 시시로 발작하며 상한 병기 부족이 날마다 침중하여 일 이년 삼 사년에 시득부득 마르는 모양이니 그런 병에도 어진 의원을 만나 좋은 약으로 먼저 기맥을 순케하고 시후를 따라가며 재조를 가입하여 병근을 다스리면 일 이삭 일 이년에 차차 완쾌 되려니와 만일 악한 의원을 만나 죽을 병 들었으니 편작이 난이라고 던져 버려 두겠으면 어찌 삼기를 바라리오.

지금 우리나라의 병듦이 일 이삭 일 이년이 아닌즉 그 병을 고치려면 또한 일 이년에 되지 못할 터이라. 어진 의원이 화제를 연구하여 침과 약을 적당하도록 쓰게 두면 중흥할 도리 없을손가.

목금 형편 보게 되면 양의는 하나도 없고 만조정이 모두 용렬한 의원뿐이니 가위 장태식할 자이로다.」

「여보게, 자네말 지금 듣고 이왕 지낸 일 생각하니 작년 일이 옛일인즉 금일이 명일에는 또한 옛날이라 할 지로다. 정부대관은 하우불위로 차치물론하고 우리나라 지방이 비록 적다 하나 삼천리에 이천만 생명 중에 유지지인과 강개지사가 아주 없진 아니하여 외국도 유람한다, 무슨 사회도 창설한다 하는데 모두 발달이 못되어 유명무실하는 중에 오직 황성·제국신문사가 경비가 부족하되 동대서취로 근근이 지탱하여 정계 독실과 국가 이해와 인심 세태를 논란하여 인민의 지식을 개도한다 하였더니 그것도 국민의 복이 없어 황성신문사가 일조에 폐철이 되었은즉, 사람에게 비유컨대 두 눈과 같은지라. 눈 둘이 있을 때도 남과 같이 못 하였거든 눈 하나를 빼고 보니 갑갑하고 애달픈 일 어떻다 말할손가.」

「여보게, 그말 말게. 나는 두 눈이 다 없어도 오십 여년을 살아 있네마는 신문을 하여 놓은들 잘들 보아줘야 하지. 보는 사람 없고 보면 휴지나 일반이오, 두 눈이 밝은 놈도 학문이 없고 보면 나와 같은 소경이오, 사지백체가 멀쩡하다 하나 자유활동 못하고 보면 자네와 같은 병신이라. 전국인민 평론하면 등신은 아직 살아 세상에 있다하나 마음은 벌써 죽어 황천에 갔다 할지니 가위 말하는 귀신이라 할만 하고 소위 완고라, 수구라 하는 분네들은 문명세계를 말하게 되면 언필칭 그런 것 저런 것 다 없어도 국태민안하였다 하여 좋은말 듣지도 않고 좋은 것 보려고도 아니하니 귀와 눈이 있다한들 무엇이 유조한가. 귀머거리· 소경이라 할만하고, 소위 학자니 산림이니 하는 분네들은 공자왈 맹자왈 하며 시문을 굳이 닫고 산고곡 심유벽처에 초당을 지어 놓고 두 무릎을 꿇어앉아 자칭왈 도학군자라, 사문제자라 하여 별로 백리 밖을 나가 보지 못하고 무정세월을 허송하니 가위 썩은 선비라 할만하여 앉은뱅이나 다름이 무엇인가. 허나 설폐하려면은 입이 아파 할 수 없어 대강 말일세.」

「여보게, 그런 말 하고 듣고 보면 참 화중이 절로 나서 못 살겠네. 우리도 좀 좋은 방책 하여 보세. 나는 눈이 있으나 다리가 부실하고 자네는 다리가 성하나 눈이 없어 피차에 낭패되는 일이 많은즉 우리도 일신단체되어 이전에 못하던 일 하게 되면 그 아니 쾌할손가.」

「말인즉 대단히 감격한 말이나 우리같은 병신들이 제아무리 단체된들 무엇을 한다 하리오. 가위지이불행인즉 가석할 뿐이로세.」

「아닐세. 자네가 단체의 뜻을 모르는 말인가 보네. 자네가 나를 업고 보면 눈도 있고 다리도 있어 어디를 가지 못한다 하며 무엇을 하지 못한다 하리오. 그렇게만 하고 보면 단체가 아니 되나.」

「그러면 자네는 업혀다니게 되어 좋거니와 나는 무슨 팔자로 내몸도 내가 주체할수 없는데 남을 또 업고 다닌단 말인가. 참 기막힌 말일세.」

하며 희희창탄에 노래 일곡 부르면서 막대를 두루며 갔더라.

그 노래에 하였으되,

사천년 오랜 나라 어이한들 망할손가.

오백년 높은 종사 뉘라서 바라볼까.
서산에 지는 해는 다시 돌아 올라오고
동해로 가는 물은 궁진함이 없으리라.
현인군자가 어느 때에 없다 하며
난신적자가 매양 득의하단 말가.
흥망성쇠는 자고로 무상한즉
사람의 알 바 아니로다.
역산에 밭갈기와 위수변에 고기 낚기는
고인의 행적이니 우리도 오호에
배를 띄워 사풍세우에 불수귀하여 볼까.

(大韓每日申報· 1905)

이태리국 아마치전

　서양 이태리국에 아마치라 하는 사람이 있으니 내수도 땅에 빈곤한 집의 아들이라. 어려서부터 뜻이 높고 기운이 활발하여 병법과 검술을 좋아하더니, 나이 장성하여는 천하에 주유하여 오대주의 형세를 널리 살펴보고 크게 깨달은 소견이 있은지라. 또 천하에 이름 있는 선비로 더불어 사귀어 놀매 학식이 대단히 발달한지라.

　이때에 나라에 백성을 압제함을 깊이 미워하여 장차 백성에 자유하는 권리를 확장하여 타국의 간섭을 막아 끝내 이태리국을 통일하여 정치를 개명함으로써 평생 사업을 삼고자 할 때, 마침 선농화 땅의 백성들이 군사를 들어 자유정치를 도모하거늘, 아마치가 그 군대를 도와 주다가 일이 패하여 나라를 떠났더니, 후에 두 해를 지나 다시 전일 도모를 계교하다가 잡힌 바 되어 장차 사형에 처하거늘, 아마치가 감옥을 넘어 도망하여 불란서국으로 갔다가 남아메리카주에 이르다.

　금명년에 우리 이웃 나라에 난리가 일어나거늘, 아마치가 막대를 짚고 그 나라에 날아가니, 해육군 도독이 되어 그 난리를 평정하고 다시 이태리국에 돌아오니, 이때에 이태리국이 오태리국에게 능모하고 침학하는 바를 입어 나라 지경이 날로 줄어지는지라.

　아마치가 크게 분개하여 수하에 군사를 거느리고 오태리국을 치다가 이기지 못하여 항복하였더니, 명년의 이태리국 백성들이

군사를 일으켜 자주하기로 격서를 전하여 방내가 소동하거늘, 아마치가 옷소매를 떨치고 일어나 가로되,

「때가 두번 오지 않고 기회를 가히 알지 못하리라.」

하고, 의용병을 거느려 자주 불란서와 오태리 두 나라의 군사를 이기고 성을 웅거하여 굳게 지키더니, 마침내 불류국 사람이 불란서 군사와 더불어 성을 치니, 아마치가 몸으로써 탄환을 무릅쓰고 밤낮 싸운지 삼일에 군사가 적어 적국을 대적하지 못할지라. 지키지 못할 줄 알고,

「군사로 하여금 항복을 의논하라.」

하고, 단신으로 정열하고 용감한 부인을 이끌고 적군을 헤치고 배를 타고 타국으로 도망코자 할 때 적병이 까닭하다 이를지라. 아마치가 배를 버리고 육지에 올라 산곡을 넘어 달아나니, 침식을 폐한지 수삼일에 추병은 더욱 급한지라.

그 부인이 주리고 곤핍하여 촌보를 행하기 어려운지라. 흐르는 물을 움키어 마시다가 아마치더러 일러 가로되,

「첩이 나라와 백성을 위하여 죽어도 한이 없거니와 오직 장부의 성공을 보지 못하고 죽는 것이 한이라. 장부는 마땅히 뜻을 조금도 굴치 말고 다른 날에 큰 공을 이루어 아름다운 이름을 천지와 같이 하라.」

하고, 한 번 웃고 목을 매여 죽으니 슬픈지라. 아마치의 부인이여, 그 정열과 용감이 참 아마치의 아내됨이 부끄럽지 않도다.

아마치가 그 후에 남미주에 갔다가 서력 일천팔백오십육년에 자꾸 유아국이 불란서와 더불어 연합하여 오국과 개전하더니, 아마치 본국에 돌아와 의용병을 도모하여 선봉장이 되어 전공을 일으키고, 그 후에 나불륜왕이 포학무도하니, 사지리 지방의 백성이 분노하여 군사를 일으키니, 선능화 지방의 백성이 또한

응하여 군사를 둘 세, 아마치를 추천하여 도원수를 삼으니, 아마치가 그 군사를 거느리고 사지리를 건너가 이태리국 중에 격서를 전하니 원군이 향응하여 막하에 투입하는 자가 부지기수라.

소향에 무적하여 파죽지세와 같으니 제 성이 다 항복하고 사방이 진동하는지라. 도처의 백성들이 환영하여 「자유 만세」를 부르면서 아마치로써 백성을 구원하는 두령과 자유의 주인을 삼으니, 뒷 대에 이태리국을 통일하여 국세를 정돈하니, 이태리 왕이 그 공을 가상하여 대장군의 인수로써 주거늘, 아마치가 사양하여 받지 않고 표연히 회 도중에 돌아와 평민과 같이 거생하더니 이때를 당하여 아마치가 큰 공을 이루고 자기는 회 도중에 있어 평민과 같은지라.

이태리국이 비록 경내를 통일하였으나 불국과 오국의 횡자능 모함이 전일과 같았거늘, 아마치가 또 분노하여 정부에 상소하여 오국과 절화하기를 권하되 정부가 불청하는지라.

아마치가 더욱 노하여 의용병을 모집하여 장차 로마를 엄습하고 불국의 방수하는 군사를 추격하고자 하거늘. 정부가 크게 놀라 군사를 보내어 아마치를 사로잡아 돌아왔더니, 명년에 또 의용병을 모집하다가 풍녀도의 유수를 망하고 또 로마국으로 달려가서 법왕의 군사를 파하였더니. 불국의 원군이 내공함에 아마치가 또 생금을 당하였더니, 마침 반환하기를 청하는 자가 있어 회도에 돌아왔더니.

서력 일천팔백칠십년에 보국과 불국에 개전하여 불국이 패함을 듣고 아마치가 또 개연히 군사를 모집하여 불국을 구원하고자 하더니, 보국과 불국이 화한 후에 불국정부에서 아마치를 높은 벼슬로 써 주고자 하거늘. 아마치가 「우선 난을 구원하고 상을 바라는 것은 선비의 수치라」하고 이에 병권을 끄르고 고향에 돌아와 은거종신하였으니, 대저 아마치는 세상의 백성을 위하여 험난을 무릅쓰고 화해를 덜고자 함이오, 높은 벼슬과 중한 녹은 곧 헤진 신짝과 같이 보고 그 자봉은 극히 박하여 갈건폐의로 군사와 더불어 음식을 같이 하고 칠창사로 잡힘을 입었으되 대지를 변치 않고. 칠차생금을 당하되, 대지를 변치 아니 하며 백절을 만나되, 소의를 굴치 아니하여 마침내 이태리 전국을 통일하여 땅에 떨어진 나라의 위엄을 회복하여 구라파의 열강으로 더불어 병립케 함으로써 자기의 책임을 삼으니, 매양 거병할 때에 하는 말이,

「성공이 되면 왕께 돌리고 성공치 못하면 그 죄를 자당하리라.」 하니, 대저 아마치의 일언일행이 구주 세계에 자유 관계가 되어 어찌 만고에 희한한 호걸이 아니리오.

(大韓每日申報· 1905)

註 : 이 작품은 소설이라기보다는 역사전기적인 단편서사문학이다. 서구란 새로운 인식공간에 대한 관심은 물론이지만 항일 저항적 의식을 촉발하려는 자보(自保)적 민족주의 의식을 담고 있다.

청루의녀전(靑樓義女傳)

　　이전 장안 성내 시정 중에 배생이라 하는 사람이 있으니 그 사람은 방년 이십오세에 풍체가 미려하나 마음이 추루하여 겉으로는 관후하고 속으로는 졸직[1]한 고로 사람들이 모두 「비단 주머니에 개똥」이라고 지목하더니,

　　그 후에 각국 물화를 교환하여 상리를 도모할 차로 호조에 돈 오천냥을 청득[2]하여 가지고 여러 상고들과 동행하여 중원 북경에 들어간 즉 인물의 번화함과 가택의 장려함은 실로 심목[3]을 놀래는지라. 스스로 생각하되,

　　「이제 나는 해우 변방의 일개 빈한 서생으로 이러한 제 성 문물의 번화함을 어서 구경하고 또한 나의 아름다운 풍채와 다소간 은자가 있은즉, 족히 남아의 평생 뜻을 마치리로다.」
하며 말에 의지하여 두루 다니며 구경할 제, 홀연 한 곳을 바라본즉 주란화각이 좌우에 벌여 있고 그 문 위에 금자로 방을 붙였는데 「일야에는 은백냥」이라 하고 혹 팔십냥 구십냥 이라 쓴지라. 배생이 홀로 헤오되,

　　「이는 창녀의 자식으로 고하를 등분하여 값을 정함이로다.」
하고 눈을 들어 사면을 살펴보니, 영롱한 주렴 속에 옥빈화용들이 흑주렴을 걷고 앉았기도 하며 혹 난간을 의지하여 섰기도 하

---

1) 졸직-拙直.
2) 청득-請得.
3) 심목-心目.

여 장안 대도를 굽어 보며 왕래하는 행객을 지점4)하는지라.

배생이 그 광경을 봄에 신혼5)이 호탕하여 눈을 정치 못하고 또 한 곳을 바라보니 푸른 버들이 드리워 문을 가리었고, 붉은 앵도화는 난만하여 담을 덮었는데, 운창무각이 표연히 반공에 솟아 향기로운 바람이 사람을 엄습하는지라. 또한 그 대문 위에 금자로 대서하기를 「일야에 천금이라 하였거늘, 배생이 마음에 헤오되,

「이렇게 고등한즉 그 미인의 아름다움은 가히 알지니라.」

겨우 중문 지나 청하에 이른즉 나이 이팔쯤 된 일 미인이 녹의홍상으로 봉미수당혜를 끌고 시녀에게 붙들려 계하에 나려 읍하고 맞아 당상에 오름에, 그 백미교태는 짐짓 꽃이 부끄리고 달이 시기할 듯하며, 서씨와 양귀비가 또한 이에 지나지 못하니라. 비단 장막을 걷고 산호평상 위에 좌정한 후 옥반에 주효를 갖추어 나옴에 모두 인간의 등한한 맛이 아니더라.

그 미인이 금루사 일곡으로 술을 권하다가 원앙금침에 나아가 운우지몽을 이루니 그 환흡한 낙은 예전 초양왕의 장대지락에 사양치 아니할지라. 스스로 춘소가 심히 짜름을 한함에 사창이 점점 밝음을 깨닫지 못하여 침상에서 생각하여 왈,

「나의 가진 바 오천냥 은자가 항상 귀할 바 아니오, 일만년 세상 재미가 도시 여기 있도다.」

하고 인하여 오일을 유숙하매, 은자가 이미 진한지라. 배생이 그 미인을 대하여 처연이 눈물을 흘리여 왈,

「우리 양인의 정은 비록 무궁하나 행탁6)이 이미 비었으니 오

---

4) 지점-指点.
5) 신혼-身魂.
6) 행탁-行橐· 노자를 넣는 자루.

직 낭자는 천만번 중하나 나는 이로 쫓아 이별 하노라.」

한데 미인이 염용7) 대왈,

「내 진실로 금일에 이르러 이 말씀이 있을 줄 아온지라, 첩의 회포를 말하고자 하면 말이 심히 장황하나 마땅히 그 대강을 베풀어 낭군의 불쌍히 여김을 구하리이다.」

하고 왈,

「첩이 근본 양가 여자로 부모를 난중에 잃고 노상으로 바장이며 호곡하다가 인하여 이 주인 창모에게 수양한 바 되어 첩의 나이 겨우 십삼세에 이름에 자못 절색의 이름이 있는 지라. 난초의 향기로운 풀이 촉여봉접에 탐향하는 폐가 있을까 염려하여 천금의 높은 값으로 방을 걸고 일백 창녀의 위에 높이 거함에 그 값이 너무 대과한 연고로 비상의 일점 앵혈을 보전하였다가 금일에 비로서 낭군을 만난지라. 낭군이 외국의 잠시 역려과 객8)으로 이 같이 재물을 경히 여기고 색을 중히 여기사 먼저 고등향명을 점득하시어 그 풍류와 기개를 가히 알리로다. 지금 낭군의 오천냥은 제가 능히 창모의 양육한 은혜를 갚을지니 첩이 낭군을 따라 고국에 돌아가 길이 귀체의 역사를 받들까 원하나이다.」

한데, 배생이 그 말을 듣고 기쁨을 이기지 못하여 미친 듯 취한 듯 의혹을 정치 못하여 수일을 지내더니 미인이 그 창모에게 고하여 왈,

「모친의 양육한 은혜는 머리털을 빼어도 능히 갚을 수 없으나 여자가 장성하면 반드시 출가함은 사람의 떳떳한 일이오, 이미 장부에게 허신9)한 후는 부창부수가 여자의 도리라. 첩이 이제

---

7) 염용-艶容.
8) 역려과객-歷旅過客.

사람을 쫓음에 삼강의 엄함이 이루어지고 오륜의 중함이 갖추인지라. 바라나니 모친은 첩으로서 생각지 마옵시고 만세에 무강하소서.」

한데, 그 창모가 또한 만류할 말이 없고 근처에 있는 청루 미녀들이 모여와서 서로 전별하며 책책칭선하여 왈,

「이 사람의 정정유한 소행이 진실로 우리들에게 비할 바 아니라.」

하고 각각 금백으로서 서로 주되, 일일이 사례코 받지 아니하고 그 창모가 오천냥 은자 중에 반을 나누어 주나 또한 받지 아니하며, 다만 일신에 딸린 물건만 가지고 배생을 따라 작은 수레에 올라 푸른 치마로 그 머리를 덮을 따름일러라.

이때 배생은 마상에 높이 앉아 낙매곡을 노래하며 성문 밖에 나와본즉, 동행하여 온 장삼피사들은 금주보배를 무역하여 수레에 실어 각각 행장을 차리매 그 무역한 바, 물화가 심히 부성하더라. 사람들이 배생의 행색이 여차함을 보고 서로 힐책하여 왈,

「그대가 천금을 허비하여 일개 여자를 바꾸어 돌아 오니 그 여자가 능히 금을 낳을 소냐. 호조에 청대한 돈은 장차 무엇으로 판납하며 각처 변리는 어찌 마감하자느뇨.」

한데, 배생이 그말을 들음에 꿈을 처음 깨인 듯하여 차탄함과 후회함을 마지 아니하여 백굽을 느르고자 하니, 그 사람됨이 어리석음은 이를 미루어 가히 알리라.

그럭저럭 압록강을 다다르는 육지를 버리고 배에 올라 수로로 행할 세, 곁 배에 있는 이생이라는 자가 그 미인의 용모를 보고 심신이 황홀하여 여취여광[10]한 마음으로 가만이 배생을

---

9) 허신-許身.
10) 여취여광-如醉如狂.

청하여 먼저 그 마음을 탐지할 차로 말하여 가로되,

「천하에 보배는 미인에서 지남이 없는데 그대가 능히 얻었은 즉 집에 돌아가 규중에 깊이 감추고자 하느냐, 중값을 받고 팔고자 하느냐.」

한데, 배생이 머리를 숙이고 장탄하며 왈,

「비록 팔고자 하나 살 자 없을까 두려워 하며, 집에 감추어 두고자 하나 스스로 보전치 못 할까 두려워 하노라.」

이생이 마음에 착급하여 실정으로 고하여 왈,

「죽을 사람에게 살 약은 본래 값이 없으니 이제 내 심중에 품은 병은 반드시 저 미인이 아니면 능히 고칠 수 없고 또한 살 수 없는지라. 그대가 만일 값을 받고자 할진대 내게 팔기를 허락함이 어떠하뇨. 내 행중에 있는 물화가 수만금어치의 지나매 마땅히 그대에게 몰수해 주리라.」

한데, 배생이 그 말을 듣고 대희하여 왈,

「내 마음은 그러하려니와 미인의 뜻이 어떠할런지 알 수 없는 즉 아무거나 나아가서 의논하여 보리라.」

하거늘, 이생이 더욱 착급하여 가로되,

「일을 마땅이 더디게 말지니 좋은 소식을 어서 급히 와서 통기하라.」

하니라. 이때 배생이 자기 선창 중에 돌아와 부수침음11)하며 장우단탄12)으로는 무슨 말을 하려다가 주저하여 능히 말을 하지 못하거늘, 미인이 그 사색을 보고 물어 가로 되,

「낭군은 무슨 슬픈 회포가 있어서 이같이 번뇌하느뇨.」

한데, 배생이 우물쭈물하며 말하기를,

---

11) 부수침음-膚受沈吟.
12) 장우단탄-長吁短歎.

「저 배에 있는 자는 그 풍류와 부귀가 나에 수백배나 지나는 사람이라.」

하며, 또 주저하거늘, 미인이 괴이 여겨 그 연고를 재촉하되 배생이 얼굴을 바로 들지 못하여 다른 데를 돌아보며 대답하되,

「나는 당초에 이런 뜻이 없노라.」

하며 또 주저 하거늘, 미인 왈,

「그 무슨 일인지 자세히 말씀하시오. 무엇이 어려워 주저할 바 있으리까.」

배생이 부득이 하여 머리를 숙이고 자리를 손으로 뜯으여 왈,

「저 사람이 낭자의 자색을 보고 만만금어치 보화로 바꾸고자 하되, 나는 당초에 그 뜻이 없노라.」

미인이 말을 듣기를 다 함에, 홀연 양협에 불끈 붉은 빛이 나며 쌍루종횡하여 옷깃을 적시며 허희장탄 왈,

「명도에 궁함을 가이 어찌 할 수 없도다.」

하며, 눈물을 거두고 도로 헛 기뻐하는 체하여 웃으며 왈,

「비천한 자를 버리고 부귀한 남자를 쫓음이 나의 소원이나 인물을 매매함이 가히 허소치 못할지라. 명일 아침 발선할 때 여러 사람을 대하여 흥정을 명백히 하여 피차간 후회 없이 하라.」

하니, 배생이 미인의 마음을 진실한 마음으로 알고 만심환희하여 급히 이생에게 통기하니라.

익일 아침에 여러 사람들이 강두에 둘러 서서 각기 선복을 치행할 세, 미인이 단장과 의복을 선명하게 하고 선두에 나서 외쳐 왈,

「어떤 사람이 나를 다려 갈 사람이오.」

한데, 이생이 전도에 나와 가로되,

「내가 곧 그 사람이노라.」

하고, 배를 서로 가까이 대이매 미인이 배생을 가리켜 이생의 배로 보내고 이생을 먼저 배생의 배로 오게한 후, 드디어 각각 배를 띄어 행할 세, 미인이 선두에서 멀리 배생더러 일러 왈,

「금보는 없다가도 있는 거니와 온정이야 끊었다가 다시 올소냐. 내가 눈이 있어도 동자가 없어 양의 가죽을 범의 가죽으로 보았으니, 이는 도시 나의 박명한 연고라. 다시 뉘를 원망하리오마는 당초에 중로에서 길을 고칠 줄 알았던들 어찌 천리에 서로 쫓음이 있으리오. 돌아보건데 무엇이 한 번 죽기가 어려워 양인에게 몸을 허하리오. 저 만리 장강은 가히 나의 원한 천추에 흘리리라.」

하고, 드디어 강에 빠져 죽은지라.

슬프고 가련토다, 이 미인의 신세여. 그 절개와 의기는 가히 천고정열에 부인을 붓 그릴 바 없이 후인에 모범이 되려니와 배생의 위인과 행사를 보게되면 어찌 가통코 가석치 않으리오. 이 때 강상에서 관광하던 자 뉘아니 착하게 여기며 탄성치 않으리오. 배생과 이생이 또한 어이 없고 일변 창황망조하여 각각 도망하여 가니라.

그 후에, 며칠 후에 미인의 영혼이 그 근처 사공에게 현몽하여 왈,

「나는 일전에 투강이사13)한 미인이거니와 내몸에 딸린 보배가 있으니 그대는 가히 그 보배를 취하고 내 시신을 묻어 달라.」

하거늘, 그 사공이 꿈을 깨어 익일 아침에 강변에 나아가 물 밑을 수탐하여 본즉, 과연 그 미인이 당초에 빠지던 곳에 있으되,

---

13) 투강이사-投江而死.

용모가 생시나 다름 없더라. 의상을 풀고 본즉 비록 모두 금수 의복이나 별로 보화라고 할 것이 없고 다만 그 일개 금낭이 매여 있는데, 물에 젖어서 안밖이 달라붙어 그 속에는 아무 것도 없는 것 같은지라. 드디어 풀어다가 벽상에 걸어두고 관곽을 갖추어 강 어구에 묻고 표목을 세운 후 주과14)를 베풀어 그 혼백을 위로하니라.

　그 후에 일 일은 무수한 선척이 문 밖 강변에 띄이며 엄연히 일위관인의 모양인데 그 추종이 심히 많더라. 드디어 그 사공의 집에 이르러 가로되,

　「너희 집에 필경 기이한 보배가 있거니와 너희 집에 두어서는 쓸 데 없은즉 중가15)를 받고 팔라.」

한데, 사공이 심히 경아하여 창황이 대답하되 왈,

　「강촌 어부에게 무슨 보배가 있사오리까.」

　그 관인이 얼마간 보다가 스스로 방중에 들어가 벽상에 걸린 금낭을 떼어 가지고 나와 가로되,

　「이것이 진실로 보배라.」

하고 즉시 종사를 명하여 십여척 선 중에 실은 바 물화를 수운하여 사공의 집뜰 가운데 적치한 후 가로되,

　「이것이 다 금수보대. 그 값으로 의논하면 몇 천만냥에 지날 터이니 이와 바꾸자.」

하거늘, 사공이 일변 놀라고 일변 기뻐하여 물어 가로되,

　「그것이 무슨 보배인데 값이 이처럼 많은지 그 곡절을 알고자 하나이다.」

관인이 가로되,

---

14) 주과-酒果.
15) 중가-重価.

「이미 매매하여 내가 주인이 되었은즉 그대를 위하여 한번 시험하리라.」

하고 그 금낭을 열고 본즉, 다만 일편 금전지가 있고 그 금전지에는 일개 검은 암소를 그린지라. 물로써 그 종이에 뿌린즉 무수한 검은 암소가 들에 가득하여 거의 수천필이나 되는지라.

그 관인이 사공을 돌아보며 웃어 가로되,

「이 보배는 이렇게 쓰는 것이며 다시 써도 궁진함이 없느리라.」

하며 인하여 들 가운데 있는 소까지 모두 사공을 주고 금낭을 가져 가니라.

대저 배상으로 말하게 되면 당초에는 어이 그리 오활16)하고 나중에는 어이 그리 비루한고 만일 배생으로 하여금 당초에 뜻을 변치 아니하였던들 그런 보배와 그렇게 아름다운 사람을 모두 보전하였을 터이오, 또한 청춘여자로 천추에 원혼이 되지 아니하였을지라. 사람의 어리석고 무정함이 다 눈 앞에 뵈이는 적은 이를 취하여 큰 이를 저버리는 죄, 어찌 고금에 배생 뿐이리오마는 배생의 일은 족히 의논할 것 없거니와 그 미인의 잡은 바 마음과 행한 바 일은 가히 효측할만 하기로 근일 경박자제들과 창가 소부들에게 대하여 경고하노라.

(大韓每日申報)

거부오해(車夫誤解)

　모처 병문에서 여러 사람들이 모여 앉아 각기 소경사[1])로 보고 들은 말을 서로 논란하는데 그 중에 인력거꾼 한 아이 가로되,

　「나는 아무리 생각하여도 알 수 없는 일이 한가지 있어 모든 친구에게 묻나니, 내가 인력거로 생애하는고로 남북촌 재상가도 많이 가서 보고 각처 연회에나 연설하는 곳에도 더러 가서 들은즉, 정부조짚, 정부조짚하니 정부에서 조짚은 하여 무엇에 쓰려는지. 정부라는 말은 각 대신네들이 모여 나라 일 의논하는 처소로 짐작하거니와 그 조짚은 무슨 조짚인지 알 수 없네. 정부가 마소 치는 여각[2])집 아닌즉 말이나 소를 먹이려고 조짚을 구할 것도 아니오, 혹 시골서는 조짚으로 지붕이나 담 같은 것을 이기나 하거니와, 정부에서는 그런 소용도 아닐 터인즉 아마 일본 감부에서 일인을 외군[3])에 내려 보내어 각현 각동에 군중시 급소용이라 하고 말먹이 곡초를 분정하여 돈도 주지 아니한다고 하니 정부에서 민폐를 생각하여 일본 군대에 보내려고 하는 일인지.

　사람마다 정부 조짚이 된다 하여 혹 어떤 사람의 말은 정부조짚이 무엇인고, 그도 저도 다 틀렸다고 하니, 가만히 여러 사람의 말을 듣고 눈치로 생각하여 보면 정부조짚이 된다 함은 정부

---

1) 소경사-所經事· 지내어 겪은 일.
2) 여각-旅閣.
3) 외군-外郡.

에서 조짚을 구취한다는 말이오, 정부조짚이 틀렸다 함은 여수히 구취가 되지 못하였다는 말로 알거니와, 그 조짚은 어디 쓸 소용인지 알 수 없어 갑갑히 지내노라.」

하거늘 그 말을 듣고 일좌가 박장대소하여 왈,

「이 무식한 놈아, 정부조짚이란 말도 있던가. 정부조직이라 하는 말이지. 조직이라 하는 말은 무론 무엇이든지 짠다는 말이니 정부조직은 정부를 짠다는 말이다.」

한데, 인력거꾼이 사례하여 왈

「나는 밭에 심은 조짚으로만 생각하였은즉 그는 무식한 탓이어니와 지금 그 말을 듣고야 확연히 깨달았도다. 한동안 일진회원이 각 부처 대신의 집으로 돌아다니며 사직상소를 하여라, 사직을 받아라 하며 공갈이 막심하게 들입다 짠다더니 그것이 정부를 짜노라고 하는 일이로군. 그만치 물이 못나게 들입다 짠즉 소위 정부조직은 잘된 모양인데 혹 어떤 사람의 말은 정부조직이 무엇이야, 아무 것도 안된다 하니 어떻게 하는 말인가. 이도 자세히 알 수 없는 일인즉 또한 갑갑하도다.」

하거늘 여러 사람이 더욱 대소하여 왈,

「우리가 모두 학식이 없어 이 병문에서 남의 삯짐이나 저주고 구루마나 인력거나 교꾼질을 하여 혹 엽전 한전냥이 생기면 비지 안주와 사발 막걸리에 낙을 붙여 허다 세월을 차일피일로 지내는 터인즉 정부니 조직이니, 알 것도 없고 알 수도 없거니와 지금 그대의 말을 듣고 보면 가위 초상 상제가 요절할 말이로다.

당초에 조직을 조짚으로 아는 것을 일것 설명하여 주었더니 일향 조직이라는 두 글자에 뜻을 해석치 못하고 한갖 여러 사람이 위협으로 남을 졸라 짠다는 의미로만 아니 실로 웃을만 한 일이로다.

그 조직이라는 말이 어찌 하였던지 짜기는 짠다는 말이 되고 그것을 사물상으로 비유하여 말하게 되면 베실이나 무명실 같은 것으로 베나 무명 같은 것을 짠다 하려니와 정부를 짠다 하게 되면 각 대신을 가리어 학문과 재능이 없는 자는 면관하고 지식이 유여하여 능히 국사를 도울만한 자로 의정대신 이하 각 부대신의 직임을 맡겨 위로 황제폐하에 성충을 기우며 아래로 제 관리를 통솔하여 정치와 법률을 받게 하며 지방관리를 택자하여 도탄에 든 생령을 무휼하며 구제하여 나라의 근본을 굳게 함이니 그 심원한 계교와 중대한 책임을 어찌 입으로 다 말하리오.

그러한즉 정부조직이라는 말을 쉽게 하면 쉽다 하려니와 어렵게 알면 극히 어려운 지라, 어찌 정부조직이 된다 하리오. 목금소견4)으로 보게 되면 오백년을 또 지나도 될런지 알지 모를 일이니, 그대 말과 같이 그렇게 생각하는 것이 마땅하니 그대가 짐짓 모르고 하는 말인가, 알고도 모르는 체하고 웃노라 하는 말인지는 알 수 없으되, 어찌 하였던 가히 웃을만한 일이로다.」

인력거꾼이 또한 가가대소 왈,

「말을 나는 어디까지나 딴 말만 하였거니와 시정개산한다, 시정개산된다 하더니 참 시정개산은 작년 가을 이후로 착실한 시정개산이라.」

하거늘 곁에 있던 자가 물어 가로되

「자네는 어떻게 하는 말인가. 시정개산이 어찌 되었다 하느뇨.」

인력거꾼 왈,

---

4) 목금소견-目今所見· 현재의 의견

「시정이라 하는 말은 시정들이 전황하여 각처로 개산이를 매여 다닌다는 말이 아닌가. 그로 미루어 보게 되면 소위 지식이 있다는 사람도 시정개산이 되어야 한다 하고, 일진회원이나, 일본관인이라 하는 사람들도 시정개산을 시킬 목적이라고 권고를 한다, 충고를 한다 하니 일본사람이나 일진회원 같은 자는 시정개산이를 만들려고 함이 용측무괴하거니와 소위 우리나라 유지라 하는 분네들은 나라 일을 되도록 주의한다면서 시정이 개산이를 매여 돌아 다니기를 바라는 모양이니 무엇이 쾌할 것이 있으며, 돈이 없어 상로가 조잔하면 무엇이 나라에 유익하건데 언필칭 시정개산이 되어야 한다고들 하는지, 급기 시정들이 그렇게 개산이를 매여 애를 써도 하나도 좋은 일 없으니 무엇이 잘 될지 모르겠네.

신구화 교환으로 돈이 귀하기가 극한에 이르러 시정들이 전문을 다친다, 출판을 당한다, 도망을 한다, 백성들은 굶어 죽겠다, 얼어 죽겠다 하며 심지어 우리들의 여간 돈푼벌이도 아주 없어져서 곤란이 막심한데 소위 정부대관이나 유지라 하는 분네들이 하나도 그런 것을 급히 할 생각은 없고 지금까지도 시정개산이 되어야 한다 한즉 이에서 또 어떻게 되나. 시정들이 개산이를 매다 못하여 지쳐 죽어야 무슨 일이 잘 될런지, 어리석은 내 소견으로 보면 시정개산을 만들지 말고 아무쪼록 시정들을 보호하여 상업이 흥왕케 하고 이익이 발달되도록 주의하면 비단 그 시정과 상민들에게만 이익이 있을 뿐 아니라 정부에도 이익이 될 터이오, 전국 인민에게도 이익이 되어 나라 재정에 얼마큼 효력이 있을 터인데 그는 생각치 않고 다만 신화 1원에 구화 2원하는 것을 다행히 아는 모양인지.

관리는 그 월급이 가령 100원이면 신화를 찾아 상노관에서 식량이라, 포목이라 각색 물건을 무역하게 되면 1원을 구화 2원으로 쓰는 재미에 시정은 개산이를 매던 부조직이라 하고 시정개선이 되기를 바랄 말이지, 덮어 놓고 그네들을 그저 두고 정부를 조직한다 하면 무엇이 조직이라 할 터이며, 그네들이 정부 위에 앉아서 시정개선 하겠다 하면 무엇이 개선될 터인가. 이말 저말 쓸 데 없고 일본서 통감5)이 건너온 후에야 무슨 결말이 난다 하니 한심코 답답한 일이다.」

한데 인력거꾼이 탄식하여 왈,

「나는 이때껏 이렇게 그 의미를 효득치 못하고 다만 음성사로 비스름하게 듣고 의견으로만 생각하였거니와 아마 정부대신들도 나와 같이 무식하여 그 의미를 효해치 못하는 모양인지. 일간에 일본서 통감이 건너온다 하니 알지 못케라, 정부관리들이 글을 더 배우려 함인가.

우리나라에도 통감이 없을 것이 아니어든 하필 일본서 가져올 것이 무엇인가. 만일 우리나라에 만일 통감이 없게 되면 사략6)이라도 무방하고 소학· 대학· 맹자· 중용이 허다한데 그것저것 불계하고 일본통감이 적당하단 말인가. 우리나라 사람들의 성질이 아무리 내 것은 흉하고 남의 것은 좋다 하여 일용백백이 모두 외국 것으로, 심지어 짚고 다니는 지팡이까지도 외국 것을 사거니와 그 통감이야 아무데 통감이면 관계할 것 있나. 소위 내 천자와 남의 천자가 다르다 하는 말이 거기 두고 이르는 말이로다.」

하거늘, 좌중이 또한 박장대소 왈,

「이 사람, 되지 않은 말 작작하소. 듣기를 잘못하였나, 생각을

---

5) 통감-統監을 通鑑(역사책)으로 재미있게 오해하고 있다.
6) 사략-史略.

잘못하였나. 어찌 그리 오해하는 말이 많은고. 근번에 일본에서 건너온다는 통감은 서책 이름의 통감이 아니고 벼슬 이름의 통감이니 그 통감은 일본의 유명한 원로후작 이등박문 씨가 통감으로 건너 왔다네. 그 통감의 직권을 말하자면, 대단히 훌륭한가 본데, 이왕에 일본 신문상에도 통감의 운치를 논란하였는데 한국 풍속이 주임관 이상은 영감이라 하고 책임관 이상은 대감이라 하고 황제폐하는 상감이라 한즉 지금 통감이라는 칭호가 극히 운치가 있고 재미스러운 말이라 하고 하였는데, 그런 말 듣고 가만히 헤아려보면 통감이라는 통자는 거느릴 통자요, 감이라는 감자는 볼 감자이니 그 통감 두 글자를 합하여 말하게 되면 도통 거느려 본다는 말 아닌가.

그렇게 미루어 보게 되면 통감이라는 칭호와 직권이 우리 한국에는 굉장 굉장한 칭호와 직권이 아닌가. 저 사람들은 운치도 있게 알만도 하고 재미스럽게 여길만도 하거니와 우리나라 일반국민에게는 어찌 귀막히고 한심한 일이 아니리오. 자네 말과 같이 서책이름이 통감 같으면 무엇이 관계 있다 하며 무엇이 원통하다 하겠는가. 한갖 우스울만한 일이로다.」

인력거꾼이 듣기를 다하여 깊히 탄식하여 왈,

「속담에 이른 말로 들으면 병이오, 안 들으면 약이라는 말이 옳도다. 나는 그렇게 굉장한 통감인 줄은 모르고 다만 공자왈 맹자왈 하는 통감으로만 알았더니 지금 자세히 알고 본즉 비록 우둔한 마음이라도 가슴이 메여지는 듯, 피를 토할 듯하여 일단 병근이 될 듯하니 도리어 듣지 아니하였을 때만 같지 못하도다.」

하고 인력거를 들고 가며 자탄가 노래하니 그 노래에 하였으되,

「산첩첩 수중중이라. 산이 높아 만장이니, 그 산을 넘자 하면

사다리를 놓음만 못하도다. 만일에 사다리도 놓지 않고, 한걸음도 걷지 않고, 다만 산이 높다 자탄하면 명일이 금일이오, 명년이 금년이라. 하월 하일에 그 산을 넘어 간다, 급할가.

산첩첩 수중중이라. 물이 깊어 천척이니 그 물을 건늘려면 배를 준비함만 못하도다. 만일 배도 준비치 않고 사공도 부르지 않고 다만 물이 깊다 자탄하면 하월 하일에 그 물을 건너 간다 질언할까.

아마도 그 산, 그 물을 넘고 건너자 하면 사다리와 선척을 준비코자 미리미리 경영함이 제일 상책이라. 이도 저도 아니하고 무정세월 허송하면 그 산 그 물이 절로 절로 평지되기 바랄손가.

슬프고 슬프도다. 우리 나라 형편됨과 우리 동포 전정됨은 산첩첩 수중중에 우심타 하리로다. 바라고 바라노니 정부대관 유지인사 할 수 없다 자탄말고 사다리와 선척 등을 어서 바삐 준비하오. 우리는 무지하등의 인류라 일러 무엇.

(大韓每日申報)

몽조(夢潮)

－반아(槃阿)

세상이 꿈인지 꿈이 세상인지, 세상인지 꿈인지, 꿈과 세상을
도무지 알기 어려운 일이로다. 장안대도 너른 길에 가는 사람
오는 사람 가고 오는 사람이 모두 다 일 없이 가고 오는 일은
없건마는 북악산 높은 뫼뿌리에 어둠 컴컴하게 모여 넘어오는
검은 구름은 장대같은 소낙비를 몰아오는 듯하고 남산 잠두봉
머리로부터 천지를 뒤집어오는 듯한 우뢰소리는 죄 없는 사람
으로도 죄 있는 듯하게 하며 삼각산 상상봉 북편으로 넘어가는
번갯불은 섬섬한데, 북창문 반쯤 열고 전라도 세주럼 그림자 속
에 손에 걸리지 아니하고 마음에 없는 바늘과 자를 들고 무엇을
생각하는 듯, 근심이 있는 듯, 사랑하는 물건을 잃어버린 듯, 무
엇을 찾는 듯, 여러가지 마음이 가슴에서 물레바퀴 구루마바퀴
모양으로 소리는 없지마는 「으르렁 뚜루루」하루 열 두시 한시
육십분 일분 육십초간에 시시때때로 구르고 헤어지고 뭉치고
퍼지어 간신히 진정코자 하나, 내 마음이라도 마음대로 진정치
못하고 이따금 조는 것과 같이 깜박하여 알지 못하는 동안에 떨
어진 바늘과 자를 다시 거두어 들고 다시 앉았다가 벌떡 일어서
서, 안방도 열어보고 건너방도 열어보고 또다시 마당을 향하여
내다보다가 가만히 몸을 돌리어 봉창 앞으로 가까이 앉으면서
땅이 꺼지는 듯이 한숨을 지고 내어다 보니, 그 동안에 소낙비
는 그쳐지고 몰려가는 구름송이 뭉게뭉게 북악산 북편 서편으

로 전쟁 패한 군사가 십이산지포[十二時砲]와 속사포(速射砲)에
물러가는 듯이 엎드러지며 곱드러지며 순식간에 다 넘어가더니
뒤이어 푸른 하늘이 다시 나고 저녁 날 빛이 산 위에 반쯤 걸렸
는데 세상의 괴로움을 알지 못하고 스스로 즐겨하는 매미는 뒷
마당 어린 버드나무에서 매암 매암.

「엄마 맘마 엄마 맘마 엄마 어서와.」

하는 소리에 깜짝 놀라 돌아보고,

「저녁, 저녁이 벌써 다 되었나. 오빠는 어디갔니. 오빠 불러라.
중남아, 중남아.」

「지금 여기 있었어요. 쉰네더러 웬 백통 한푼을 주고 갈 사이
없다고 해도 자꾸 참외를 사오지 아니했어요, 네. 지금 여기 있
었어요.」

「중남아, 중남아. 중남이는 없거든 우리나 얼른 먹고 치자.」

하는 두어 마디 말에 한 없는 생각이 목에 목메여서 밥도 넘어
가지 아니하고 혼자생각으로「아무리 어리고 철 없는 어린아이
지마는 참외를 사오라고, 참외를 사달라고, 학교는 쉬지마는 복
습 한자 아니하고 앞뒤로 뛰어다니면서 저것을 제 아버지도 없
이 내가 혼자 어찌하나」하고 밥을 시작하여 두어 술이 지나지
아니하여,

「상 가져 가거라.」

하고 어두워 오는 짧은 여름밤에 벽에 걸린 자명종은 여덟시를
뎅뎅 치지마는 불켜란 말도 없고, 불켜란 말이 없는 것이 아니
라 다른 생각이 간절하여 잊어버리고 다시 북악산이 앞에 닿는
듯하는 북창을 향하여 앉아서 캄캄한 하늘과 산을 바라볼 뿐이
더라.

이 북창을 향하여 조는 듯 근심하는 듯, 어두워 오는 하늘, 캄

캄하여 오는 높은 산을 바라보고 앉았는 부인은 나이가 설흔대
여섯쯤 된 아직 늙지도 아니하고 젊다고도 할 수 없는 갸름한
얼굴, 강파레한 체격(體格), 얼굴빛은 검다고 하기도 어렵고 또
과연 희다고 하기도 어려운 육색(肉色), 어찌 보면 재미있고 간
절하고 주밀하고 자세하기도 하고 또 어찌 보면 맺고 끊는 듯하
고 쌀쌀한 듯하고 꼭한 듯하나, 그 가운데를 들어 말할진데, 어
떻든지 영리(怜悧)하고 똑똑하고 얌전한 한 부인[一婦人]이오,
의복과 맨두리는 과히 추하지 아니한 곤베치마 저고리에 머리
는 참먹 갈아 부은 듯 한결 같고 잔머리 층 없고, 물구비 분 듯
한 검은 머리를 되는대로 둘둘 뭉쳐 흰 댕기에 흑각 비녀를 꽂
은 한 부인이더라.

「어머니, 어머니, 대문간에 누가 왔오…… 박주사라고 합디
다.」
「중남아, 다시 나가 물어봐라. 누구를 찾나 물어봐라.」
「아버지를.」
「아버지……」
하고, 중남이가 들어와서 아버지라 하는 말을 듣고 눈이 캄캄하
고 가슴을 찌르는 듯한 생각이 가슴속에 물끓는 듯하여 혼자말
로,
「돌아간 아버지를 누가 찾노.」
하며 다시 새로운 생각이 변하여 눈물이 되어 바늘 꽂힌 옷깃에
떨어지는 눈물을 다시 돌려 생각하되,
「내가 이렇게 눈물 내어 어린 자식에게 뵈는 것이 도리어 어
린 사내 자식을 교육하는 도리가 아니라.」
하여, 중남이 보지 못하는 동안에 눈물을 씻고 기운을 가다듬고

정신을 차리어서 중남이를 불러 이르되,

「중남아, 문간에 다시 나가서 아버지는 지지난 달에 돌아가시고 집에는 아무도 없고 어머니 혼자 있다고 여쭤라. 또 무슨 일로 오셨는지 여쭤봐라.」

「……」

「어머니, 아버지 하고 대단히 친한 친구라고 우리 아버지 편지를 가지고 왔다고 이 편지를 줍디다.」

하고 철년지에 조그마하게 봉한 호패만한 전지 일봉(封)을 드리거늘 얼른 보니 겉봉에 「중남 어머니 보시압」 하는 여덟 글자가 완연히 중남 아버지 지금 당장 쓴 것같이 먹 흔적이 마르지 아니하여 죽었던 사람이 다시 살아온 듯, 대문간으로 들어오는 듯, 편지를 떼어 보기는 고사하고 대문간만 바라보고 벙벙히 앉았다가 깜짝 놀라 정신을 가다듬어 그 편지를 뜯어보니,

중남어머니 보시오

옥 속에서 여러 해포를 지내는 동안에 부인에게 근심과 걱정을 날로 더하게 한 일은 이제에 이르러 생각하니 도무지 흘러가는 물거품과 사라지는 봄눈과 같이 되었도다. 일찌기 바다밖에 놀아 우리나라가 청국에 속방이 되어 기반을 벗지 못하고 세계에 병신구실함을 분히 여겨, 동양에 먼저 열린 이웃나라와 서로 손을 이끌고 세계 여러 나라 틈에 들어가 한가지 반열에 참여하기 위하여 정치를 개혁하여 국가의 기초를 튼튼히 하고 태서 신세계의 문명을 들이어 안민동포 형제의 지식 정도를 넓히고자 하였더니, 세상에 좋은 일은 마가 많다함과 같이 하늘의 이치와 사람의 일이 어그러짐이 많아 일은 이루지 못하고 도리어 한갖 죄의 이름만 쓰고 옥 속에서 여러 해를 지내는 동안에 이루 말

하기 어려운 형벌과 이루 말하기 어려운 고생을 다 지내다가 밝는 날은 사형의 집행을 당하여 다시 이 세상에 있을 수 없는 황천객이 되겠으니, 슬프다, 사람의 죽는 일은 언제라 죽지 아니함을 기약하리오마는 뜻 있고 이루지 못할 뿐 아니라 도리어 죄의 이름을 쓰고 돌아가니 진실로 어여쁘다, 이 사람의 일이로다. 다행히 이 사람이 살아 있어 일을 이루고 공이 서서 천하가 태평하거든, 부인은 외교관의 부인이 되고 이 사람은 외교관이 되어 법국「파리」성이나 영국「런던」이나 미국「워싱턴」에 전권대사로 대사관에 태극기를 높이 달고 부인의 민활한 도움을 의지하여 나라의 빛을 세계에 날리고자 하였더니, 부인은 외교관의 부인이 되지 못하고 뜻 있는 사람은 뜻을 이루지 못하니 하늘이 망케 하심인지, 사람의 꾀함이 부족함인지, 용용한 한강물은 낮과 밤으로 흘러 다하지 아니하고 낙락한 남산솔은 해마다 푸르러 쇠하지 아니 하는도다. 다행히 부인은 몸을 사랑하고 중남이를 돌아보아 집일을 더욱 가다듬고 교육을 힘써 행하여 황천에 돌아간 이 사람으로도 혼이 평안하게 하기를 바라압. 이 편지를 전하는 박주사는 이 사람과 뜻을 같이 하는 사람이니 집안에 어려운 일이 있거든 백사를 의논하시압.

감옥소 제 삼간. 밤중 촛불 아래에서 그만 총총 그치압.

한대흥

읽기를 마치고 정신이 혼절하여 그대로 엎드러져 기색하다.

「엄마아아아……」

「어머니이이이……」

「아씨이이이……」

세상이 꿈인지, 꿈이 세상인지, 세상에 슬픈 일도 많고 악착한 일도 많지마는 이 한대홍씨의 죽은 일과 그 부인의 당한 일같이 악착하고 불쌍하고 가엾은 일은 다시 없으리로다.

한대홍씨는 일찌기 해외에 놀아 신문명 공기를 마시고 나라에 돌아와서 아무쪼록 되도록 힘자라는 대로 죽도록 자기의 먹은 뜻을 이루고자 하여 열심으로 사회를 개하고 정치를 개혁코자 하여 움막살이 초가집은 밥먹고 드새는 주막으로 알고 시골, 서울로 다니면서 밤낮 없이 열심하던 공로는 조금도 없고 도리어 역적이니 대역이니 하는 대죄명을 쓰고 집에 들면 말 위에서 경정경정 뛰놀다가 마당으로 뛰어 나오면서,

「아빠아, 아버지이」 하고 손을 잡고 좌우에 매달리면서 어리광하던 어린 딸과 자식을 다 버리고 왼종일 밖에 나가서 듣는 일 보는 일이 무비상심 촉성하는 일을 좋은 마음으로 접대하고 설명하다가 피곤한 몸을 간신히 가지고 집에 들어오면 화로 위에 찌개 놓고 두주 위에 상보아 두었다가 얼른 나와 맞으면서,

「시장하시지요.」

하고 옷갓 받아 의장에 걸고 듣기 싫고 상심될만한 말은 다 피하고 듣기 좋고 말하기 좋은 말로만 만날 위로하면서 「많이 잡수시오」 하고 나를 위로하고 나를 위하여 근심하고 걱정하고 조심하는 늙지도 젊지도 아니한 부인을 버리고 이 세상을 버리고 싶어 버리는 것도 아니요, 억지로 목숨을 끊기어 세상을 버리는 한대홍 씨의 일이며 어린 딸과 자식이 앞에 있어서

「아빠 어데 갔오.」

「아버지 언제나 오시오..」

하는 어린 아이들의 말이 날과 밤마다 귀에 듣기 싫고 가슴에 못 박아 하루도 열 두시로 자처하고 싶고 물에라도 몸을 던져 이 세상을 버리고 싶고, 대뜰 석축에라도 머리를 쾅쾅 부딪쳐

죽고 싶은 생각, 살고 싶지 아니한 몸을 간신히 동작하여 알뜰 뒷마당을 시름 없이 거닐 때에 암새, 숫새가 지붕마루터기에서 「재재재재」하고 둘이 서로 엉클어져 한몸이 되어 희롱하다가 마당에 떨어져서 헤어져 가는 모양이며, 다 무너진 화계 앞에 며칠 못갈 쇠잔한 꽃이 천명이 다함을 알지 못하고, 제 모양을 자랑하는 듯이 피어있는 형상이며, 이 세상에 봄과 겨울이 있음을 알지 못하고 다만 여름을 당철이라하여 「쓰르람 매암 매암 쓰르람」하는 모양, 모두 다 보기 싫고 듣기 싫어 또 다시 몸을 돌이켜 사랑에 나아가니 더더욱 있던 모양, 자던 모양, 책 보던 모양, 안으로 들어오던 모양, 옷입고 출입하던 모양, 모두 다 마음을 상하고 창자를 끊어 억지로 철아닌 서리 맞은 풀잎 모양으로 이 세상을 지내고자 하는 부인이 의외의 남편의 영결서를 받아보고 기절혼절하여 졸도(卒倒)하는 형상이야 진실로 세상이 꿈인지, 꿈이 세상인지 알기 어려운 일이더라.

「아씨이, 아씨 물 잡수시오.」
하고 검둥 어멈은 아씨의 다리와 팔을 주무르고,
「어머니이, 어머니이.」
하고 중남이는 어찌한 일인지 까닭을 알지 못하고 제 어머니를 쩔레쩔레 흔들고 간난이는,
「엄마, 엄마아.」
하는 소리에 문간에 섰던 박주사가 무슨 까닭인지 심상치 아니한 일이 있는 줄 짐작하고
「이리오너라, 이리오너라.」
불러 묻고자 하나, 사람은 나오지 아니하고 궁금하여 혼자 생각에 곧 들어가서 무슨 일인지 보고 싶으나 한대흥군이 살아 있을

때에는, 심심하여도 찾아오고 일이 있어도 찾아와서 시계가 새로 한시를 칠 때에 간 일도 있고, 또 어느 때는 자고 간 일도 있지마는, 한번도 보지 못한 부인을 들어가 보기도 어렵고, 심상치 아니한 일이 있음을 알고, 그저 가기도 어려워서 머뭇머뭇 주저주저 하다가 다시 돌려 생각하되, 그저 가는 것은 인정이 아니오. 차마 발길이 돌아서지 아니하여 얼른 중문간에 들어서서 보니, 안마루 한 가운데 한 사람을 뉘어 놓고 세 사람이 어찌할 줄을 알지 못하여 황황하거늘 주머니에 있는 사향수아반 두 개를 얼른 내어 입에 갈아 넣고 깨어나기를 기다리다.

「……」

이윽고 정부인이 정신을 차려 일어나다. 정신을 차리어 일어나 보니, 천지가 아득하고 팔다리에 뭉어리 돌 달린 듯하고 머리골은 도려낸 듯한데 간신히 일어나서 안방으로 들어가다.

박주사는 부인이 깨어남을 보고 자기가 있으면 도리어 편편치 아니할까 하여 하인을 불러,

「일간 또 오마.」

하고 가다.

이 박주사는 주인 한대흥군과 한가지 이웃하여 머리 땋고 다홍 저고리 입고 가랙질 하고 돌팔매질 하고 둘이 서로 걷고 틀고 글방에 다닐 때부터 다른 글방 동무들보다 의가 좋아 선생님이

「저애 둘은 쌍둥이 같지.」

하는 평(評)이 있도록 의가 좋다가 한대흥군은 일찌기 외국에 놀아 십년을 가까이 같이 있지는 못하였으나 한대흥군이 나라에 돌아옴으로부터는 축일상종(逐日相從)하여 일이 있으나 없으나 하루가 멀다하더니 까닭 없는 일에 여러 해를 옥 속에서 지내다가 참혹(慘酷)히 이 세상을 버릴 때에,

「나는 죽더라도 내 집일은 자네에게 부탁하노라.」

하던 말이 이제 오히려 귀에 새겨 있는데, 오늘날 또 이 형상을 보고 한없는 회포와 정이 가슴에 사무쳐서 차마 돌아서지 아니하는 발길을 돌리어 고개를 숙이고 땅만 보고 돌아서는 것이다.

전회(前回)에서 한대흥이라 하는 사람이 옥 속에서 영결서를 삼경 촛불 아래에서 몸은 비록 자유(自由)를 잃어버리고 옥에 매어서 날이 밝으면 한 몸이 둘이 되어 목과 몸이 서로 나뉠 경우에 있지마는, 마음은 하늘을 쓰고 도래질이라도 할 기상이 있다 하던 한대흥 씨는 유림사회(儒林社會)에 이름이 제일류에 있는 김학자(金學者)의 수제자로, 또한 이름이 김학자 만큼은 세상에 널리 들리지 못하였으나 아는 사람은 오히려 범절(凡節)이 김학자에 지지 아니한다 하던 한학자의 둘째 아들이라. 어렸을 때부터 항상 글 읽기를 좋아하여 나이 열 다섯이 지나지 아니하여, 경학(經學)으로 말하면 사서삼경이여, 과문(科文)으로 말하면 아직 육문(六文)이 다 능하다 할 수는 없지마는 시(詩)와 부(賦)는 남의 손 빌지 아니하고 자작자필(自作自筆)할 만치 문력(文力)으로, 일찍 큰 뜻이 있어 동으로 일본나라에 놀아 정치학(政治學)을 졸업하고 여러 해만에 본국(本國)에 돌아와서 다만 나라를 붙들기로 주의하고 다니다가 일가의 권함과 친구의 권함을 어기지 못하여 이 정부인과 합근식(合卺式)을 행하여 무릇 열 네해 동안에 부부가 화락하고 금실이 자별하여 아홉살 먹은 아들과 네살 먹은 딸을 두었더라.

정부인은 나이 여덟살 때에 어머니를 이별하여 벌써 이십여년이라. 이십여년 전 어머니의 얼굴 모양은 희미하여 이마가 어떻든지 넉넉히 생각은 아니나지마는, 항상 웃는 낯으로 나를 대하던 일과 돌아가실 때에 나를 불러 앞에 앉히시고 여러 해 병드신 끝에 파리하고 파리하신 손을 들어 내 손을 넌즈시 쥐시고,

「아가, 내가 암만하여도 죽을까 보다. 내가 죽으면 어찌하나. 계모라도 들어와서 너를……. 아가, 무슨 일이 있든지 다 참고 참아라. 참을 인자가 셋이면 살인도 면한다더라. 아가.」

하고 눈물을 흘리면서,

「아가 내가 없어도 나를 알겠니.」

하고 언니[오라버니댁]가 빗겨준 검은 머리를 쓰다듬어 주시던 일이 엊그저께 같건마는 그 후에 계모가 들어온 뒤로부터 가풍(家風)이 일변(一變)하여 아주머니네집[전 어머니 형님댁]에 가서 놀다가, 해가 저물어 컴컴하여도 하인도 아니 보내주고, 아침, 저녁 끼니 때에 한편 구석에 된장찌개 한 그릇에 밥상도 아니 바쳐주고, 마루구석 한 편에다 아무렇게 밀어주는 밥을 먹고, 조금하면 자막대기, 걸핏하면 주먹질을 당하면서 날마다 시시때때로 돌아가신 어머니 생각하고 자라다가, 주단 받은 이후에는 「색시가 왜 그러냐. 이상해라, 고약해라, 그만하면 넉넉하지. 저고리가 네 잎인데 봉지에 떡을 해서 무얼 하나. 이 무서운 세상에.」

하는 혼인을 전 어머니 말씀을 마음에 새기어 참고 참아 남더러 말할 일은 없지마는.

「시집이야 가면 이런 일이 또 있으리.」

하고 울며불며 한대흥 씨의 집으로 시집 온 부인이라.

덧 없고 정 없는 세월은 흐르는 물결같이 시각을 머무르지 아니하여 여름날 짧은 밤은 다 지나고 가을 바람이 뜰 앞 나무에

들어 옴에 쉬었던 학교는 다시 시작하고 가을 옷 다듬이 소리는 여기 저기서 일어난다.

날빛은 서녁 하늘에 기울어져 사람 그림자는 한 없이 길게 뵈고 바람잎은 부는대로 나무는 춤을 추며 집집마다 바람을 따라 일어나는 저녁 연기는 나무잎과 섞여서 흩어지며 학교로부터 돌아가는 학도의 점심 밥그릇 흔드는 소리는 문간 골목 돌아가는 모퉁이에서 천지를 뒤집더니 대문소리 벼락같이 나고 중남이가 쑥 들어서면서,

「어머니, 학교에서 여기까지 달음박질 했오. 어구 숨차. 이것 보오. 이것을 흔들고 들어왔오.」

「왜 그렇게 달음박질들을 했니. 달음박질 하지마라, 넘어지면 다친다. 그래 오늘은 무슨 공부했니.」

「오늘은 소학 배우고, 글씨 쓰고, 하나 둘 배우고, 오늘 또 누가 와서 연설이라던가 무언지 손으로 책상을 두드리면서 얼굴이 불그락 푸르락 하면서 한참 이야기했다오.」

「누가……」

「누구라던가. 맨먼저 무어라고 하던데……옳지, 옳지. 요전에 어머니가 기절했을 때에 약주고 가던 이야.」

「응, 그러면 너의 아버지 편지 가지고 왔던 박주사가 아니냐.」

중남이는 제가 기막히던 때의 일을 생각하여 말하고 정부인은 자기가 기막히던 때의 일을 생각하여 말한다.

「그래 연설은 뭐라고 하더냐.」

「연설이오……응, 사람사람이 다 세상에 사는 것이 목적이 있답디다.」

「그래 무슨 목적?」

「목적이 세 가지가 있다고. 제몸 위하는 목적, 제집 위하는

목적, 또 하나는 뭐라던가, 옳지, 옳지. 제 나라를 위하는 목적이랍디다. 그런데 그 중에도 나라를 위하는 목적이 제일 크다고 합디다. 집이 없으면 솥이나 부등갱이나 부지팽이나 무엇이든지 있어도 집이 없으면 둘 데가 없고, 또 뭐라던가. 오오, 좋은 화류삼층장이나 의거리가 찬장 뒤주 같은 암만 좋은 세간이 있어도 둘 데가 없다고. 그러니까 집이 있어야 세간도 잘 둘수가 있고 몸도 편히 잘 자고 먹고 할 수가 있다고. 그와 같이나라는 집이라고. 이게 있어야 세간같은 이런 집도 둘 수가 있고 옷도 둘 수가 있다고. 나라는 집이랍디다. 그러니 우리더러공부를 잘 하라고 합디다. 세상에 이 일로 해서 죽은 사람도많다고 합니다.」

이 중남이의 옮기는 맡을 듣고 중남 아버지가 항상 하던 말을들은 것같아,

「중남아 네 아버지가 그렇게 돌아갔단다. 네 아버지가.」

「어머니 배고파. 저녁 다 되었소.」

하는 차에 문간에 웬 사람이,

「이리 오너라, 이리 오너라.」

중남이가 대문간에 나아가서 보고 들어오더니,

「어머니, 어머니. 아까 학교에 와서 연설하던 이요. 박주사요.」

「그래 뭐라고 하더냐.」

「중남이냐 잘 있었니, 어머니도 안녕하시냐, 그리고 이것이 무엇인지 이것을 줍디다.」

하고 종이에 돌돌 싼 무슨 봉지 하나를 준다.

중남 어머니가 이것을 받아들고 당장 펴 보려고 하는데 검둥어멈은 또 그전에 아씨가 기절하시던 편지나 아닐까 하여,

「그것이 무엇이오. 또 편지가 아니오니까.」

「아니다. 편지는 아닌가 보다. 으메, 돈이다. 하나 둘 셋 넷 다섯……열장일세. 열장이면 이것이 얼만가. 이게 웬 돈이냐. 중남아, 중남아. 그 어른 가셨니. 이것이 웬 돈입니까 하고 갖다 드려라.」

중남이가 대문간에 나갔다가 들어와서,

「어머니 문간에 아무도 없읍디다. 그 어른 벌써 갔나 봅디다.」

「그러나 이것이 웬 돈인지 모르지마는 얼만지 알고나 두자. 이게 열 장이면 얼만가. 한 장이 스물 댓 냥. 스물 댓 냥이 열이면 이백 쉰 냥인가. 어떻든지 두자. 훗날 또 그이가 오거든 주자.」

하고 그 돈을 다시 싸서 두다.

본래 이 한대흥 씨의 집은 학자의 집안이라. 가풍이 엄숙하여 다만 학업을 힘쓸 뿐이오, 쌓아온 재산은 있지 아니하여 아침밥 저녁죽에 겨우겨우 지내던 집안이라. 부모는 일찌기 여의고 단간살이 살림살이에 주인이 살아 있더라도 생계(生計)가 곤란할 터이거든 하물며 한대흥 씨는 참혹히 이 세상을 버리고 정부인 혼자 몸이 아들 하나 딸 하나를 데리고 혼자 살림 여러 달에, 여간 있던 돈푼 싼 물건은 하루 하나 둘, 다달이 여닐곱씩 다 팔아 없어지고, 그 동안에 반찬가게 외상이며 나무값, 쌀값, 여기저기 몇백 냥을 어찌 갚을 도리가 없어서 병술이나 콩나물이나 색실이나 성적분 장사라도 시작하련마는, 이것도 또한 밑천이 없고, 할일 없어 안바느질 한가지로 겨우 겨우 아침밥 저녁죽이라도 부지하여 지내더니, 요즈음은 바느질 일도 변변치 아니하고 범백(凡百) 물가는 한푼짜리가 서푼하고 서푼짜리가 다섯 여섯 닢이 지나가는 중에 중남이는 날마다,

「어머니, 오늘 종이 사겠소, 돈주오. 오늘 붓 사겠소, 돈주오. 오늘은 추렴이오. 다른 애들은 새 책을 가졌던데 나도 새 책 사주. 신발이 다 떨어졌오. 귀봉이는 제 아버지가 왜신 사주었읍디다. 나도 그 왜신 하나 사주오.」

하는 소리에 시름없이,

「네가 아버지 있니. 귀봉이는 제 아버지가 있으니까 그렇지.」

「그럼 어머니가 사주오…… 어서 어서.」

세상에 하고 싶은 일이 많지마는 안부모가 자식이 해달라는 것같이 해주고 싶은 일은 없고, 세상에 뼈아픈 일이 많지마는 철 낭이 없어 자식을 잘 갖추어 옷해 줄 수 없고 다달이 강미(講米) 달라고 말할 때에 즉시 줄 수 없고, 신발 사주오, 추렴내오 할 때에 마음과 같이 해 줄 수 없고 아침 저녁 끼니 때에 자식의 배고파하는 얼굴 보는 것같이 뼈아프고 속 쓰린 일은 또 다시 없으리로다.

바깥 부모가 살아 있어 둘이 서로 걱정하며 할 수 없는 일은 오히려 또한 견딜만 하거니와 남편은 먼저 가고 부인 혼자 남아 있어 바깥걱정, 살아있을 때엔 친지도 아니하고 알지도 못하던 사람이 가끔 자주 찾아와서 이런말 저런말 가까운 듯이, 친한 듯이 하더니, 바깥 남편이 한번 돌아간 이후로는 친하고 가깝던 사람도 자연히 멀어지고, 성겨지어 이렇다고 돌아서서 의논할 곳도 없고, 저렇다고 돌아서서 부탁할 곳도 바이없어 이를 장차 어찌하리. 내 몸 하나 뿐이면 또 오히려 관계치 아니하련만 생각다 생각하여 요전에 받은 돈을 결단코 쓰고 싶지 않지마는 두었던 곳을 찾아내어 펴보고 펴보다가 조금 쓰고 채워놓지, 긴 밤을 짧게 알고 며칠밤 바느질로 새어보지 하고 그 박주사의 주던 돈을 펴보지만 어떻게 쓰는지 어떻게 바꾸는지 알 수 없어,

「검둥어멈, 검둥어멈. 이것을 한장을 쓰려면 어떻게 쓰나.」

「무엇입니까, 네에 그것은 왜돈이예요. 그 왜돈은 조선돈하고 바꾸어야지요.」

「으응. 이걸 바꾸는 데가 있나. 그럼 바꿔 와.」

하고 두어장을 내어주니 검둥어멈이

「네에. 그럼 이것 좀 보아 주십시오.」

하고 화로 위에 쑤던 풀을 풀 막대째 꽂아 놓고 발닥 일어서서 밖으로 향하여 나아가다.

「……」

이윽고 검둥어멈이 들어오면서

「아씨, 돈은 다 잘 바꿔왔세요. 그런데요, 요 앞에서 가게 장사를 만났어요. 어디갔다 오느냐고요.」

「그래?」

「뭐라구 할 수가 있습니까. 돈 바꿔 가지고 온다고 했지요. 처음에는 그러더니 쇤네 손에 돈 가진걸 보고 자꾸 달라고 억지로 예순 냥 가져갔어요. 또 도련님이 길에서 돈 열 냥 가져가셨어요.」

「그래 돈을 얼마에 바꿨니. 그래 남은 것이 얼마냐. 이 원수의 것아.」

「가게는 열 댓 냥이래요. 모두 여든 냥 받았어요. 여기 열 냥 있어요.」하고 열 냥을 내 놓는다.

정부인이 기가 막혀 검둥어멈을 나무라려 하나 남에게 외상을 지고 번연히 돈을 가지고 오면서 외상 달라 하더라도 주지 말라고, 또 준 것이 잘못 되었다고 나무라기 어려워서 나무라고는 싶었지만 검둥어멈을 나무랄 수 없고 그 노여움을 모두 중남이에게로 옮기어 검둥어멈 나무라고 싶은 말과 중남이를 걱정하고 두들겨 주고 싶은 마음이 가슴에서 우뢰 번갯불 모양으로 두근두근하여 마당에서 일하던 것을 다 접어 밀어 놓고 마루로 올라간다.

다른 집 젊은 여편네들 같고 보면 금세 그 자리에서 검둥어멈더러 이년이니 저년이니 심부름을 잘했느니 못했느니, 나거라 들거라 별 악증의 소리를 다 할 것이오. 곧 중남이를 천지를 뒤집고 동네가 떠들게 찾아놓고, 머리채를 휘여잡고, 눈에 뵈고 손에 걸치는 대로 아무거나 빨래망치나 싸리비나 되는대로 움켜들고 이자식, 이 망할자식, 돈은 검둥어멈한테 갖다가 무엇을 하였느냐 하고, 애고고 우지끈 하는 야단이 나렴마는 이 정부인은 항상 자식을 기르는 법이 그렇지가 아니하여 아이들의 장난하고 자라오는 기운을 꺾는 법이 없고 또 조그마한 일은 다 지내보고 이따금 가다가 좀 크게 잘못하는 일이 있더라도, 그러하지마라, 그리하면 하등(下等) 사람이 되나니라 하는 두어 말이 그칠 뿐이러니 이번에는 할 수 없고 참을 수 없어 불현듯이 항상 하지 아니하던 매를 들고 중남이를 잡아 두드리고 싶은 불같이 치미는 마음을 억지로 참고, 좋은 낯으로 중남이를 불러 앞에 앉히고 순한 말로,

「이애, 중남아, 너 아까 검둥어멈더러 돈 열 냥을 달래다가 무얼 하였니. 그 돈이 무슨 돈인지, 무엇을 하려고 바꿔온 돈인지 아니. 이애, 중남아. 내가 평생에 자세히 알지 못하는 돈을 쓰는 사람이 아니다. 너는 철 없이 이것 해주우 저것 해주 하고 집안에 양식은 없고 할 수 없어, 그 돈을 바꿔다가 네 강미도 물어주고 양식도 팔고 여러가지 하자는 돈을 네가 무슨 급히 할 일이 있어서 검둥어멈이 집으로 가지고 오거든 집에 와서 날더러 달라고 하더라도 내가 생각해서 부득이 쓸 일이 있으면 아니 줄

것이 아닌데 중간에서 무엇을 하려고 가져갔니. 이 철 없는 아이야. 내가 자식을 위하여 하는 일을 무엇을 아끼랴. 이 철없는 아이야.」

하면서 눈물이 비오듯 하다가 다시 눈물을 씻고

「중남아, 이것 보아라. 중남아, 이것 보아라.」

하고 일어서서 높히 얹힌 검은 함을 내려놓고 박주사가 갖다 전하던 중남 아버지의 편지를 내놓는다.

편지를 내어 놓고 처연한 모양으로 소리를 나직이 하면서,

「이애 중남아, 너 너의 아버지가 어떻게 돌아 가셨는지 네가 아느냐. 너는 나이가 어려서 철은 없지마는 어려서 들은 말은 잊지 아니 한단다.

지금 나이가 설흔이 넘었다마는 외가 할머니가 그 때에 내가 겨우 여덟 살 먹은 어린 아이를 돌아가실 때에 앞에다 앉히시고 이르시던 말씀이 지금도 뼈에 새기어 하나도 잊어버리지 않고 생각이 난다. 이 편지는 웬 편진지, 지금 나는 어떻게 사는지 네가 아느냐.

동지섣달 추운 밤에 꼭두가 세뼘이나 되는 별순검이 마당에 들어와서 네 아버지를 어서 가자고 나오라고 할 때에 네가 자는 얼굴을 불빛 속으로 들여다 보면서

' 중남이 잘잔다. 어서 자라서 나는 어찌될지 모르지만 나라에 충성해라. 집안에 시조(始祖)되라' 하면서 나가던 일을 아무리 어리지만 생각치 못 하느냐.

그때 가서 다시 오지 못하였구나. 이 편지는 박주사가 가져온 편지를 네가 받아 들여오지 않았느냐. 이 편지를 받아보고 내 모양이 어떻더냐. 이것 보아라.

' 나는 죽지마는 다행히 부인은 몸을 사랑하고 중남이를 돌아

보아 집일을 더욱 가다듬고 교육을 더욱 힘써 행하여 황천에 돌아간 이 사람으로도 혼이 평안하게 하기를 바라노라' 하신 이 네 아버지 말씀을⋯⋯」

하는 때에 눈물이 더욱 앞을 가리어 손으로 방바닥을 두 세번 두드리고,

「네가 어찌 그리 모르느냐. 날더러 중남이를 돌아보아 집일을 더욱 가다듬고 교육을 힘써 행해달라고 한 것이 여편네 혼자 몸이 재물 없이 맘대로는 할 수 없고 너조차 이 모양이니 이를 장차 어찌하잔 말이냐. 내 마음은 아무쪼록 네 아버지 뜻을 이어 날을 새고 밤을 새서 바느질 품팔이를 하더라도 너를 길러 남부럽지 아니한 사람을 만들어 놓고 만일 내가 죽어 저승에 가서라도 네 아버지의 뜻을 얼만큼이라도 위로하자 하였더니 네 아버지의 말마따나, 좋은 일은 마가 많아 그러하냐. 내가 너를 교훈하는 도리가 잘못 되서 그러하냐. 돈 열 냥은 무얼 했니. 네가 불가불 쓸일 있고 내 수중에 돈이 있어 네가 달라 하면 네게 드는 돈 열냥을 손에 쥐고 부르르 떨면서 아니 줄 네 에미냐. 네 에미가 그러하고 네 마음이 이렇거든 오늘날 이 자리에서 너하고 나하고 둘이 죽어 이 세상에 돌아가신 네 아버지의 낯이나 깎이지 아니하게 하자꾸나⋯⋯중남아아, 회심(悔心)해라. 그리마라. 개심(改心)해라. 철 알아라. 네가 어떠한 자식이냐. 네 아버지가 어떠한 아버지냐. 그리마라. 그리마라.」

하는 소리에 사람은 그만 두고 물과 나무가 빛을 고치어 다시 푸르르고 날빛이 위하여 빛이 없다.

사람이 목석이 아니어든 이 부인의 이 말을 듣고 누가 감동치 아니하리오. 중남이도 아무리 어리고 철은 없지마는 이 어머니의 마디마다 눈물이오, 절절이 유한(遺恨)되는 이 말의 참뜻을

알고 새겨들어 제 어머니의 속이 당장에 말한 효험이 있고 시원하게 하지는 못하나, 다만 제 어머니가 심상치 아니하게 노하여 억지로 능치고 천연하게 말하다가 눈물 내며, 네 에미가 그러하고 네 마음이 그렇거든 너하고 나하고 둘이 죽자 하는 말에 감동하여,

「어머니, 잘못했읍니다. 다시는 그리 아니 하오리다. 잘못했읍니다. 어머니이.」

하고 제 어머니 무릎에 엎드린다.

정부인이 분한 차에 목이 메어 이런 말 저런 말을 하였으나 마음대로 하여 주지도 못하는 자식을 너무 나무란 것이 도리어 마음이 뉘우쳐져서 엎드린 중남의 손을 잡고,

「중남아, 네가 그렇지만 아니하면 내가 너더러 무슨 말을 하리. 아서라 중남아, 사나이는 울지 아니 한단다. 중남아 울지마라. 일어서라. 밥먹으러 가자. 중남아, 어서 어서.」

하고 중남이의 손을 이끌고 마루로 나아가서

「밥먹어라, 밥먹어라, 어서 어서.」

하는 중남 어머니 가슴 속에 본래도 중남이를 미워하지는 않지마는 잠깐 동안 분하던 마음이 봄눈은 고사하고 오뉴월 우박같이 다 사라져 없어지고 또 다시 전과 같이 웃는 낯과 사랑하는 눈으로 이따금 웃으면서,

「너만 그렇지 아니하면 내가 너더러 무슨 말을 하리. 중난하고 끔찍하고 대견해서 위하기만 할 뿐이지.」

하는 말이 정이 뚝뚝 듣고 사랑이 흘러가는 듯하다.

가는 세월은 때를 머물지 아니하여 가을이 깊고 바람이 높아 가는 기러기, 떨어지는 잎새, 달밝은 밤에 알지 못하는 창틀에서 벌레 소리는 적적하고 바람을 따라 움직이는 나뭇잎은 동편 마

당에서 흔들흔들 하는데 담사이 이웃집 마당에서는 아이들이 뛰놀면서 계집 아이들 목소리로

달두 달두 바맑다.
미영천두 바맑다.
쪽구실네 저구리
으능나무 길소매
상단이 겉옥구름
부전이 안옥구름

하는 노래소리가 바람을 따라 담을 넘어오고 또 이따금 이따금
「어머니이. 조금 있으면 송편 주지.」
하는 소리에 춥도 덥도 아니한 팔월 한 가을을 만나 떠들썩 흥성흥성한데 담 한겹사이를 두고 이 집은 적적하고 막막하여 어린 딸자식은 안방에서 잠이 들어 코를 골고 중남이는 안마루 한편에서 조그마한 불을 놓고 산술(算術)이니 지리(地理)니 하는 책을 여기저기 벌여 놓고 읽기도 하고 쓰기도 하며 엎드렸고 정부인은 아이들의 겨울옷을 꿰매고 등잔불은 깜박깜박 하는데 사방은 고요하고 하늘은 만리러라.

정부인이 일하면서 이 소리를 들은체 만체하고 앉았다가 공부하는 중남이의 얼굴도 보고 안방에서 잠자는 간난이의 얼굴도 보다가 가만히 혼자 생각으로,
「우리도 올 봄에 그렇게 갖다 뫼신 뒤에 누가 한 번 가서 보지도 못하고 어떻게나 되었는지, 떡이나 하고 주과포나 차려 가지고 중남이나 데리고 갔다 오런마는, 하지만 이런 줄은 다 알겠지. 없는 것을 억지로 빚을 낸다든지 빚을 낼 수 있으나, 무리

(無理)로 무엇을 차려 가지고 가면 도리어 걱정할걸. 무엇을 차리지는 못하지마는 일년에 한번 오는 이 팔월 추석에 어찌 돈 아니든 몸이라도 갔다오지 아니하리. 벌써 가을이로구나.」

하고 혼자 생각으로 이리저리 생각하다가 공부하는 중남이를 향하여,

「중남아, 내일이 벌써 팔월 추석이로구나. 너 내일 나하고 아버지 산소에 가련. 학교는 쉬지. 내일 아침 일찍 해 먹고 나하고 둘이 천천히 갔다 오자. 간난이는 남촌아주머니나 좀 오시라고 해서 계시라고 하고 우리는 산소에 갔다 오자.」

이 정부인이 산소라 이르는 산소는 중남 아버지의 산소를 이름이라. 지나간 봄에 중남 아버지가 옥 속에서 그 참혹한 일을 당한 후에 시체를 찾아다가 시구문 밖으로 나아가서 동소문 밖 삼각산 동편 소귀 근처 양지쪽 산모퉁이에 한 자리를 얻어 대강 어떻게 그럭저럭 장사를 지낼 때에 일가친척 친한 친구 가까운 사람들이 쉬쉬 잠깐 잠깐 다녀간 사람은 많지마는 그 이후로는 나가 보는 사람도 과히 없고 여름동안 그 장마에 분상이 어떻게 되었는지 떼가 뿌리나 붙여 사는지, 제절이나 무너지지 아니 하였는지 항상 근심되고 조심되고 염려되어 한 번이나 나가 보자 나가보자 하지만 원수의 살림살이에 몸을 헤어날 수가 없어 마음에 항상 꺼림직한 것을 이날 저날 지내다가 팔월 추석이 벌써 와서 동네집 아이들의 떠드는 소리, 송편 빚고 지껄이는 소리에 깜짝 놀라 산소에 가고 싶은 마음이 더더욱 간절하게 일어난다.

「검둥어멈, 검둥어멈. 으응 이리와. 내일 일찍 일어나서 남촌 댁에 가서 그댁 마님께 전갈 여쭙고 내말로 식전에 일찌기 좀 부디 건너 오십소서 여쭤라. 왜 그러느냐고 하시거든 내일 산소

에 가신다고 집 좀 보아 주십소서 하시더라고 여쭤라.」

「중남아, 우리도 일찍 자고 일찍 일어나자.」

「어멈두 일찍 나가 자지.」

하면서 여기저기 벌여 있던 화로와 대야를 치워놓고 중남이를 데리고 안방으로 들어간다.

......

「중남아, 어디로 가니. 박석고개로 동소문으로 나가서 문네미 가서 물으면 안다더라. 여기가 어디냐.」

「여기요. 여기가 통안이래요.」

「옳다. 통안이면 이리 가면 동소문이라더라. 이리만 자꾸 가자. 중남아, 알지 못하는 길을 아는체 하고 가지 말고 물어 가거라아. 무슨 일이든지 묻는 것이 좋으니라. 중남아, 저것 보아라. 오늘도 저렇게 짐을 지고 다니는 사람이 있구나. 저 사람들이 오늘 왜 짐을 지고 싶으랴. 먹고 사는 생애에 어찌할 수가 없어서 그렇지. 우리는 그래도 짐지지 아니하고 가니 저 사람들보다는 좀 편한 셈이다.

그렇지만 걱정 없고 재미있기는 저 사람들이 재미가 있고 걱정이 없지. 어서 좀 빨리 빨리 가자. 이렇게 가서는 오늘 아마 갔다오지 못할가 보다.」

「무얼, 어머니 아직 해가 이르니까 넉넉히 갔다와요.」

하고 중남이와 중남 어머니가 동대문 안으로부터 동소문을 향하고 박석고개를 넘어간다.

집안이 이전 같고 좋게 가는 길이면 교군 타고 하인 세우고 기구 있게 가련마는 집안도 그렇지 못하고 설사 집안은 할 수가 있다고 하더라도 교군 타고 하인 세우고 갈 마음은 없는 정부인이 중남이를 데리고 앞도 서고 뒤도 서서 시름 없이 나아갈 때에 낙산성 위에 참치한 솔나무는 아침 날빛을 띠어 더욱 푸르르고 송동 어귀에 성긴 버드나무는 서녁 바람을 따라 나부끼는도다.

「중남아, 어서 가자. 그까진 돌을 그리 주어 무얼하니.」

하고 가는 때에 두패질은 장독교에 흑의 입은 구종이 앞뒤로 늘어서고 오는 사람 가는 사람더러,

「에라끼놈, 게 들었거라 쉬이……」

하고 가는 양반 누군지는 알 수 없지마는 이 초췌한 행색이 스스로 부끄러워 한편에 빗겨 섰다가 그 양반이 지나간 후에 가는 사람 오는 사람의 옮기는 말이,

「경무사또가 동소문 밖 산소에 가시는군. 그 양반이 경무사한 뒤에 사람 픽 죽였지.」

하는 소리가 귀에 거쳐 혼자 생각으로,

「중남 아버지도 저놈의 손에 돌아갔나 보다.」

마음이 새삼스레 좋지 아니하여

「중남아, 장난말고 어서 가자.」

하는데, 중남이는 이런 곳을 오래간 만에 나온 것이 되어 낯빛이 청량하고 일기가 신선함에 길가에 풀난 것과 개울에 동글동글한 바둑돌이 다 구경스럽고 재미있어 혼자 앞서 멀리 떨어지기도 하고 또 뒤떨어져 장난하기도 한다.

팔월 한가을 추석명일은 농사하는 시골 사람의 가장 좋아하고 가장 즐겨하는 명일이라. 당장 집안에는 묶어 놓고 쌓아 놓은 것은 없지마는 문앞 들 산비탈에 고무래로 밀어놓은 듯한 오곡 백곡이 마음에 든든하고 대견하여 없던 흥이 절로 나고 얼굴에 기꺼운 빛이 나타나서 늙은이, 젊은이, 사나이, 여편네 모두다 떨어진 낡은 옷이라도 구정물 내어 새로 입고, 어른은 아이

의 손을 이끌고 아이는 어른의 손을 따라 산소에 가는 모양이며, 둘씩 셋씩 둘씩 셋씩 서로 들에서 풀매 던져 아람 줍고, 산에 올라 머루 따고 다래 따고 아가위 줍는 모양, 사람 사람이 다 추흥이 도도하되, 이 어린 중남이를 데리고 가다 앉고, 가다 쉬고, 잔디 있고 그늘진 곳에 이르러서는 한심하고 시름 없고, 울고 싶어 가는 길이 바이 붓지 아니하여 아침이슬 첫 날빛이 새벽에 떠난 길이 정중(正中)하여 사람의 그림자가 짧아 보이지 아니할 때에 비로소 문네미에 다다랐다.

그럭저럭 물어보아 문네미에는 왔지마는 방향을 알 수 없어,

「중남아, 또 좀 물어보아라. 올 봄에 여기 와서 장사지낸 한대 흥 씨의 산소가 어딘가 물어 보아라, 중남아.」

중남이가 이 어머니의 말을 들어 그 주막거리에 섰는 사람을 향하여,

「여보, 여보, 여기 이 근처에 올 봄에 장사지낸 한 대짜 흥짜 되는 어른의 산소가 어디오.」

그 사람이 이 말을 듣고 그 옆에 섰던 사람더러,

「그런 일 있나.」

하고 물어 보더니 중남이를 향하여,

「이애 그렇게 찾아 알겠니.」

하고 다른 사람을 향하여 무슨 말인지 하면서 모르는 체 한다.

중남이와 중남 어머니가 간신히 여기까지 와서 물어 알까 하였더니 물어봄에 기가 막혀 어찌하면 좋을까 하다가 그래도 다시 한번 물어보는 것이 좋을까 하여 중남이를 불러 다른이 더러 또 한번 물어 보아라 하니, 중남이가 한 서너 발자국 더 나아가서 상투 반드르르하게 왼편에 뉘어짜고 불통망건 풀대님에 오른 손에 곰방대 들고 섰는 사람을 향하여,

「여보, 이 근처에 올 봄에 장사지낸 한 대짜 흥짜되는 어른의 산소가 어디오.」

하니 그 사람이 얼굴을 이상히 하고 중남이더러,

「별 제미…… 이애, 너 서울 어멈 자식이라 입쌀은 대단히 보들보들 하구나. 여봅시오…… 말솜씨 얌전하다. 어떤 어른이 그렇게 가르치던. 무어야.」

하는 어조가 자래(自來)로 듣지 못하던 말이라.

정부인이 가슴이 울렁울렁하고 이상하여 중남이 더러

「중남아, 그만두고 어서 가자, 어서 가자.」

하면서 삼각산편으로 뚫린 외편 쪽 지름길로 나갈 때에 활 두어 바탕되는 앞길로부터 갓 두루마기에 우산 받고 무엇을 생각하는 듯이 웬 사람이 이곳 저곳 돌아보며 천천히 나온다.

정부인이 이 멀리 오는 사람을 보고 또 지금 주막거리에서 중남이더러 말하던 사람과 같은 사람이나 아닌가 하여 중남이를 불러,

「길 물어보지 말아라.」

하고 밭골창 한편으로 비켜 서고자 할 때에 중남이가 밝은 눈으로 얼른 보고,

「어머니, 박주사가 저기 오오.」

「으-응, 박주사가……」

하는 차에 그 멀리 오던 박주사는 먼발치로 중남 어머니 정부인이 그 아들 중남이를 데리고 산소에 나오는 줄 짐작하고 발자취를 자주 옮겨 와서 소리를 순히 하여,

「중남아, 중남아. 어디 가느냐.」

하니 중남이가 이 말을 듣고 아버지를 만난 듯, 아저씨를 만난 듯하여 반갑고 기꺼운 낯으로,

「어디 갔다 오세요.」

「오냐, 너 어디 가느냐.」

「아버지 산소에 가요…… 네……어머니두요오. 그런데 아버지 산소를 몰라서 이 주막에 와서 암만 물어도 알 수가 없어서 저기 가서나 물어보려고 이리 오는 길이어요.

박주사 어른께서는 아버지 산소를 아십니까. 아시거든 좀 가르쳐 주십시요. 아주 알 수가 없어요. 어디예요.」

박주사가 이 말을 듣고 측은하고 애달파서,

「오냐, 내가 안다. 내가 지금 너희 아버지의 산소에 갔다 오는 길이다. 오냐, 가르쳐 준다 뿐이랴. 나하고 같이 가자. 여기서 멀지 않다. 내가 앞서서 멀지감치 천천히 갈 터이니 어머니 뫼시고 천천히 오너라.」

하고 앞에 서서 천천히 간다.

오늘날 이 곳에서 만난 박주사는 구의(舊誼)를 생각하고 팔월 명일을 당함에 누가 간절히 산소에라도 나아가서 돌아볼 사람이 없음을 생각하고 아침밥을 재촉하여 먹고 동소문 밖 한대흥 씨의 산소에 나아가서 우산을 접어 짚고 산소 앞에 창연(悵然)히 저립(佇立)하여 가는 구름 떨어지는 나무에 옛을 생각하는 마음이 더욱 새로워서 이리저리 배회하다가 돌아갈 길을 생각하고 돌아오면서 혼자 생각으로

「내가 이 사람의 아들을 아무쪼록 잘 교육하여 이 사람의 부탁을 저버리지 아니 하리라. 중남의 나이가 열살이 지나거든 외국에 유학시켜 이십 세기의 세계적인 인물을 만들어서 놓으리라.」

하고 속으로 생각하고 오는 길에 이 중남이를 만나 다시 돌아서서 길을 인도하고 가는 길이라.

이윽고 박주사가 가기를 머물고 중남이를 불러 이르되,

「중남아, 네 아버지의 산소가 저기다. 너무 오래 지체하지 마라. 아, 해가 벌써 낮이 훨씬 지났구나. 어머니께도 그렇게 여쭈어라. 나는 좀 저 마을에 들어갔다가 나오마.」

하고 박주사는 그 마을로 들어가고 중남이와 중남어머니가 그 가리키던 산소에 나아가서 분상 앞에 덜썩 앉으면서 치마자락으로 얼굴을 가리우고 잔디 위에 엎드린다.

사람의 속이 답답하고 갑갑할 때에는 통사정할 만한 사람을 만나 그 사람이 그렇게 만들어 준 것은 아니지만 생각하는 마음, 하고싶은 말을 속이지 아니하고 말하는 것이 얼마큼 마음을 위로하고, 기막히고 가슴이 벗겨지는 듯한 때에는 남보지 아니하는 곳에 가서 잔디잎이라도 쥐어뜯고 한바탕 우는 것이 가슴에 뭉친 것을 얼마큼 풀건마는 이 정부인의 오늘길은 그렇지 못하여 마음에 맺힌 것을 풀기는 고사하고 층일층 더할 뿐이로다.

삼십리 먼 길을 해가 낮이 지나도록 왔지마는 속마음 한 마디를 풀어 본 일이 없고 또 산소에 이르러서도 한 없이 울고 싶은 마음을 박주사가 멀지 아니하게 있는 까닭에 마음대로 속이 시원하게 울기도 어려워서 저절로 나오는 눈물을 금하지는 않지마는 목을 놓고 시원하게 소리내어 울기는 어려워서 치마에 받은 눈물을 잔디에 뿌리면서,

「중남아, 아버지 산소에 절해라. 이게 무슨 짓이냐 뻣뻣이 서서……」

하고 무덤 속에 남편을 사모하고 옆에 있는 아들을 교훈할 때에, 그 박주사가 들어가던 마을로부터 한 여편네가 채광우리에 무엇을 담아 이고 산소를 향하여 와서 그 채광우리를 내려놓고,

「점심 잡수우……네에, 서울 사는 박주사가 와서 말씀해서 해 온 게오. 얼른 잡수시고 들어가시지 아니하면 어둡겠다고 합디다.」

「글쎄, 어둡겠다. 어떻게 두어술 먹고 가자. 중남아, 어서 이리 오너라.」

하여 술[숟가락]을 들어 대강 요기하고 일어서서 그 밥 가지고 온 사람은 보내고 분상 앞에 다시 나아가 들어간다고 고하는 듯이, 잘 있으라고 작별하는 듯이 한참 동안 앉았다가 일어서서 중남이더러 어서가자, 늦었구나 할 때에 저 앞길에 박주사는 벌써 나와 서서 내려오기를 기다려서,

「중남아, 천천히 오너라. 내 멀찌기 앞서 가마.」

하고 앞을 서서 가는데 중남이와 중남 어머니는 그 길을 따라 다가간다.

동소문 밖 산소에 다녀온 뒤로 또 한 생각이 가슴속에 맺혀 산소 모양이 자나 깨나 눈에 역력하여 앉는 곳이 항상 산소 앞에 앉은 것같이 소나무 그림자와 물 흐르는 소리가 눈에 있고 귀에 끊어지지 아니하여, 전날보다 더더욱 시름 없이 손에 걸리지 아니하는 바늘을 들고 남의 남정의 겨울 옷을 가끔가끔 병병하게 앉았다가, 한술기 호아 놓고 또 중이 견디기 어려운 때에는 하던 일을 밀쳐 놓고 뒷마당에 나아가서 정신 없이 무너진 화계 앞을 향하여 앉았다가 다시 나와서 일을 잡아 시작하여, 쓰고 매웁고 살고 싶지 아니하고 하루가 백년같은 이 세월을 지날 때에 중남이나 어서 자라 사람이 되기까지 내가 어떻든지 살아야지 하고 아침부터 저녁을 보내고 초생부터 그믐을 지내어 간다.

「검둥어멈, 누구신지 올라 오시라고 여쭈어라.」

「누구신지 올라 오시우.」

하고 일을 밀쳐 놓는다.

　이 새로 온 손님은 나이가 갓 마흔이 자칫 넘은 듯한 곱게 늙은 여편네라. 헐고 낡은 치마를 쓰고 검정물 들인 솜둔 조백이를 회동그렇게 쓰고 무엇인지 참빗장수의 빗주머니 같은 것을 메고 태연히 들어와서 양지쪽 마루 끝에 걸터 앉으면서,

「네에 나는 정동교회에서 왔오. 집안도 깨끗하고 조용하오. 저 애는 누구요, …… 네에…… 학교에 다니나요. 사랑에서는 어디 가셨나요. ……으응……쩟쩟쩟쩟」

하고 혀를 차고 이마에 주름을 세우고 눈살을 찌푸리면서 다시 말을 계속하여,

「아아멘. 하느님을 믿으시오. 하느님에게 잘 구하는 사람은 복을 얻는 법이오. 하느님에게 몸을 바치시오. 몸을 바치면 죄를 다 사하여 주시는 법이오. 하느님을 믿으시오.」

하는 소리를 듣고 정부인이 속으로 생각하되,

「내가 전생에 죄를 많이 지어 죄가 있어 그러한가. 전생 후생은 불도에서 중이 말하는 것인데 야소교에서도 죄를 말하나. 내가 이생에서 죄 지은 일이 무엇인가. 죄 있다고 하는 말에 내가 잘못하여 중남 아버지가 아마 돌아갔나 보다. 그것이 아마 죈가 보다.」

하여 얼마큼 마음에 생각하여 별로이 그 말을 대답도 아니하고 앉았는데 그 마누라는 자기말만 끝을 이어,

「세상은 모두 마귀세상이오. 사람이 마귀시험에 들면 할 수 없는 것이오. 주인 부인이 마귀의 꾀임에 들었오. 틈틈이 이 책을 좀 보시오.」

하고 조그마한 책 한권을 내어준다.

이 조그마한 책은 성경 속의 누가복음이라 하는 책이라. 책을 이 내어 주고 간절히 말하면서,

「좀더 앉았다가 가면 좋으련만 또 다른 데를 가볼 터이니까 오래 있을 수가 없오. 내 일간 또 오리다. 그 동안 이 책을 많이 보시오. 주일이 되거든 교회당에도 오시오. 언제 한 번 나하고 같이 갑시다.」하고 일어서서 나가면서,

「또 오리다.」

하고 나간 뒤에 검둥어멈이 마루 위에 올라와서,

「아씨, 그게 뭐예요. 천주학 책이예요. 그런 사람이 다니면서 그런 말로 사람을 꾀인데요. 저 아랫네 동촌 근처에서도 그런 사람이 몇 번 드나들더니 그 집이 온통 천주학에 반해서 천주학쟁이가 되었던데요.」

「그렇지 않단다. 이전에 나리마님 계실 때에 나리마님도 일상 말씀하시던 바라네.」

「아니예요. 그렇지 않아요. 그 천주학에 미치면 조상의 제사도 지내지 않고 별 이상한 일이 다 많데요.」

「그 쓸 데 없는 소리 말게. 듣기 싫어.」

하고 검둥어멈의 잔소리를 끊고 다시 검둥어멈더러

「공연히 쓸 데 없이 누구 오면 말깃다는 것이 버릇이야. 그리 그러지 말라고 해도. 어서 나가 할 일이나 하면 좋지.」

하고 검둥어멈의 말깃다는 버릇을 꾸짖는다.

검둥어멈은 일상 높이 보고 어렵게 보고 무섭게 보고 고맙게 생각하는 아씨의 말인고로 다시 이렇다고 저렇다고 말 한마디 못하고 혼자 생각으로,

「일상 그렇지 아니하시던 아씨가 오늘은 이상도 하시다. 천주

학쟁이는 사람 호리는 약을 가지고 다닌다던 말이 있더니 아마 그 마누라가 약을 가졌나 보다.」

하고 다시 생각하기를,

「내가 아씨를 뫼시고 지내다가 아씨가 이런 일 당하시는 것을 보고 그저 이럴수가 없다.」

하여 곧 아씨 앞으로 나아가면서,

「아씨, 천주학쟁이는 사람을 혹하게 하는 약을 가졌데요. 그 천주학쟁이가 다시 오거든 말씀도 마시고 가까이 하시지 마옵소서. 아랫네 쇤네 아는 집에도 그런 사람이 몇번 드나들더니 그집이 온통 천주학에 미쳤어요. 정말이어요. 쇤네가 봤어요.」

검둥어멈은 이러한 말을 실로 정부인을 위하여 열심으로 하되 정부인은 이 말을 들은체 만체하고 듣기 싫은 말로,

「그러니 어쩌란 말이야. 그렇다고 오는 사람을 모르는 체하고 돌아 앉아서 일만 하란 말인가. 사람이 그렇게야 할 수 있나. 공연히 알지 못하는 사람들은 천주학쟁이니 무엇이니 별소리를 다 하지마는 그런 것이 아니란다. 나는 그 속을 깊이 알지 못하는 까닭에 말할 수는 없지마는 다 세상일을 내가 자세히 안 후에 말하는 것이 옳지, 자세히도 알지도 못하고 저러니 이러니 말하는 것은 일이 아니야.」

하고 주책 없고 까닭 모르는 검둥어멈을 그렇지 아니한 이치로 설명하여 준다.

「어머니, 어머니, 추워. 방으로 들어갑시다.」

하는 간난이 말을 드디어,

「춥기는 무엇이 그리 추우냐.」

하다가 다시 돌려 생각하여,

「추워. 춥거던 들어가 자아.」

하고 손목을 이끌고 안방으로 들어가서,

「춥거던 아랫목으로 가거라」

하고 자기는 윗목에 앉아 헤어진 버선짝과 늘어 있는 자막대기, 퇴침, 목침 여러가지를 다 제 곳에 찾아 놓고 밀어 두었던 중남이의 솜두루마기를 다시 이끌어 들고 앞섶에 꽂혀있던 바늘을 빼어 뜨다 남은 시치미를 뜬다.

이 일을 잡고 시치미를 뜨지마는 생각은 엊그저께 다녀온 동소문 밖 산소에도 있고, 일전에 와서 전도(傳道)하던 마누라의 말도 생각이 나서 하던 바느질을 그치고 이따금 생각하다가 정신 없이 앉았을 때에 간난이가 아랫목에서 횃대에 걸린 헌치마를 내려 들쓰고 경정경정 뛰노는 치맛자락에 얼굴을 부딪쳐서 깜짝놀라 돌아보고,

「이애 이게 무슨 장난이냐.」

하고 정신을 차려 다시 들어 바늘을 바로 잡고 다시 일을 시작한다.

「에에, 이 댁은 일상 이렇게 조용해. 주인 부인 계신지.」

하고 엊그저께 왔던 정동 전도 마누라가 들어옴에 검둥어멈이 「이 마누라가 왜 또 오나」 하고 혼자 생각에 어떻게 쫓아보내는 것이 좋을까 하여 내달으며,

「오늘은 아씨가 아니계세요.」

하는 말을 전도 마누라는 듣고 안방 뒤 창문을 마루 끝에서 열어보고, 검둥어멈을 돌아다 보며,

「그 마누라는 공연히 그랴.」

하고 마루 끝에 걸터 앉는다. 정부인이 문 여는 소리를 듣고 깜짝놀라 돌아다 보고,

「어서 오시오. 왜 그러시오. ……네에 그 어멈이 공연히 그러지요. 노하지 마시고 들어오시오.」

하고 반가이 맞으니 그 전도 마누라가 그것 저것 상관 아니하고,

「그 동안에 요전 그 책을 많이 보셨오.」

「네에, 좀 보는 것처럼 했지요만 일이 바빠서 많이 보지 못하였어요.」

「그래도 틈틈히 그 책을 많이 보시오. 많이 보아야 차차 아시지요. 세상에 사람이 어떻게 살고, 무슨 힘으로 사는지 아시오. 주인 부인같이 점점 기운을 떨어트리고 세상을 재미 없이, 생각하면 살 수 없는 것이오. 세상에 사람이라 하는 것은 믿는 것과 바라는 것과 사랑하는 것이 없으면 살 수 없는 것이오. 믿는 곳이 없으면 힘이 생기지 아니하고 무슨 일을 하더라도 이룰 수 없오. 믿고 보면 무슨 일이든지 이룰 수 있오. 세상을 싫어하고 힘 없는 것은 도무지 다 믿음이 없는 까닭에 생기는 것이오. 믿고 보면 사랑도 있고 바라는 마음도 생기는 것이오. 하느님은 지극히 착하시고 못 하실 일이 없는 권능(權能)을 가지신 대주재(大主宰)신고로 어떠한 사람이든지 회개(悔改)하고 하느님을 믿는 마음으로 나아가면 물에 빠졌던 사람 건지시는 것같이 얼른 손을 주시면서 어서빨리 올라 오너라 하시고서 이 세상의 마귀시험 속으로부터 구하여 주시는 하느님이오. 우리가 누구든지 회개하고 믿고 하느님 앞으로 나아가면 이 은택(恩澤)을 입을 수 있오. 생각하여 보십시오. 믿음이 아니고 무슨 일을 할 수 있나 생각하여 보옵시다. 가령 남을 찾아간다 하더라도 그 사람이 번연히 집에 없는 줄 알면 누가 그 사람을 찾아 가겠오. 저런 바느질로 말하더라도 저렇게 암만 꼬매어도 번연히 옷이 되지 아니한 줄을 알면 누가 바느질을 하겠오. 이런 조그마한 일도

모두 다 될 줄을 마음에 믿는 까닭으로 하려하는 마음이 생기고 하는 힘이 생기는 것이오. 시골에서 농사하는 사람으로 말하더라도 봄에 곡식을 심어 여름에 김을 매어 가을에 열매 열어 곡식이 되는 것을 믿는 까닭에 그 더운 날과 비오는 날을 헤아리지 아니하고 날마다 땀 흘리고 괴로움을 잊어버리고 농사하는 힘이 생기는 것이오. 이 사람이 만일 믿는 것이 없으면 결단코 농사할 수 없오.」

그 전도 마누라가 이렇게 한참동안 말하다가 목에 침이 없어서,

「에구 목말라. 물 한 그릇 먹었음.」

하고 하던 말을 다시 계속하여,

「그리스도께서는 천한 사람으로 하여금 귀하게 하시고 없는 사람으로 하여금 있게 하시고 빈한한 사람으로 하여금 부하게 하시는 능력을 가지신 어른이시오. 재물의 욕심과 마음에 숨은 것과 나를 위하는 마음을 버리고 나를 따라서 믿고 구하면 이룸이 있으리라 하셨고, 살기를 구하는 사람은 죽는 일이 생기고 죽기를 구하는 사람은 사는 일이 생기는 법이라 하셨으니 우리가 암만 부하기를 구하고, 귀하기를 구하고, 근심 없기를 구하고, 몸 성하기를 구할지라도 이는 도리어 이와 상반(相反)하는 결과가 생길 뿐이오. 회개하고 믿고 나아가 구하면 자연히 이룰 수 있는 것이오. 생각하여 보시오. 자식에 대한 부모의 마음은 다아 마찬가지오. 여러 자식 속에 부모에게 순종치 아니하고 부모의 뜻을 거슬리는 자식이 있어서 그 자식은 아무리 부모를 부모로 알지 아니하고 그 부모를 멀리하려 할지라도 부모의 마음이야 그 자식과 같다 하겠오……네에, 그렇게 말이지요. 언제든지 그 자식이 회개하고 착한 마음으로 그 부모 앞에 나타나면 내 자식 아니라고 등을 밀어 내쫓겠오……그렇지요……그렇

게는 할 수 없지요. 그와 같이 우리는 다아 하느님의 아들이오 딸이라, 우리가 회개하고 믿는 마음으로 우리 구세주 앞으로 나아가면 손목을 얼른 잡으시고 어서 오너라, 어디 갔더냐, 네가 어이 그리 나를 멀리하려 하느냐 하시고 잘 인도하여 주실 터이오. 이렇게 믿고 보면 바라는[희망하는] 일이 있을 것이오. 바라는 일이 있으면 그것을 달(達)하기 위하여 사랑하는 마음이 생길 것이오. 사랑을 멀리하고 교만함을 숭상하는 자는 망하는 법이오. 나라를 주관하는 사람이 교만하면 그 나라가 망하는 법이오. 집안을 주관하는 사람이 교만하면 그 집안이 망할 것이오. 마음을 교만하게 먹는 자는 그 몸이 망하는 법이오. 교만하고 게으르고 욕심내고 흉악한 일하는 것이 다 이 믿는 마음과 사랑하는 마음과 정말 바라는 마음이 없는 곳으로부터 생기는 것이오. 교만이라 하는 것은 일백 악한 것의 근본이오, 새암구녕이오. 교만하고 사랑이 없는 까닭으로 나라도 망하고 집도 망하고 몸도 망하는 것이오. 이러한 것을 다 버리고 회개하고 믿고 하느님에게 구하오면 무슨 일이든지 얻지 못할 일이 없을 터이오. 누가 사랑이라 하는 것을 모르겠오마는 사랑에 여러 가지가 있오. 첩 두는 사람이 첩을 사랑하는 마음도 있고, 술 먹는 사람이 술을 사랑하는 마음도 있고, 여러가지 사랑이 있지마는 이것은 다 사사 사랑이오. 공변된 사랑은 도리어 이러한 사랑은 사랑하지 아니하고 그밖에 널리 사랑하는 것이오. 이것이 정말 사랑이오.」

하고 입에 침이 없이 떠다 놓은 물그릇을 들어 마신다.

목마른 차에 물 한 대접을 반너머 다 마시고 하는 말을 다시 계속하여,

「여보오, 세상을 그렇게 근심하고 걱정하고 속 끓이고 어찌

사오. 그것이 다 쓸데없는 일이오. 이것은 하느님의 능력 속에 있는 것을 사람이 걱정하여 무슨 효험이 있오. 생각하여 보시오. 사람의 하는 일은 다아 하느님이 만들어 주신 것을 가지고야 할 수 있는 것이오. 사람의 재주가 암만 좋다 하더라도 꽃을 만들어 향내나게 할 수 있오. 사람을 만들어 영혼 있게 할 수 있오. 이것은 다 할 수 없는 일이오. 저 영국의 서울 「런던」이라 하는 곳에 한 늙은 믿는 사람이 있어 항상 얼굴에 기꺼운 빛이 있을 뿐이오, 근심하고 슬퍼하는 빛이 없거늘, 그 나라의 한 황족이 고이히 여겨 그 노인더러 물어 가로되,

‘ 나는 황실의 지친으로 부귀의 남부러운 일이 없건마는 항상 근심하는 빛이 있거늘 그대는 나이 늙고 가난하고 문벌이 남만 같지 못하거늘 항상 얼굴에 기꺼운 빛이 끊이지 아니함은 어쩜이오’.

한데 그 노인이 대답하여 가로되,

‘ 전하(殿下)는 황실의 지친이오, 나는 하느님의 친자이오니 전하는 황실을 믿으시고 나는 하느님을 믿는 까닭으로 세상을 믿는 사람은 근심이 있고 하늘을 믿는 사람은 근심이 없는 법이라. 전하도 하느님을 믿고 회개하고 나아가시면 근심이 없으리다.’ 하였으니 누구든지 하느님을 믿는 사람은 근심이 없을 것이오. 가난한 것을 걱정 마시오. 가난하다고 굶어 죽는 법이 없오. 꽃과 풀을 보시오. 별로이 움직이지 아니하더라도 제 자랄 것은 다 자라는 법이오. 나라가 암만 작다 하여도 그 지방을 부지할 만한 재물은 거기 있는 법이오. 집안이 암만 가난하다 하더라도 온 식구가 일하고 보면 굶는 법은 없오. 사람이 암만 못생겼다 하더라도 손발을 움직이면 얼굴에 채색(菜色)이 오르는 법이 없오. 무엇을 걱정할 것이 있오. 하느님을 믿고 회개하고

일하고 보면 이에 이르러 족한 것이오. 하느님은 세상사람을 다 한결같이 보시는 것이오. 마치 말하고 보면 집안 속 여러사람 속에 자실하고 부지런하고 정성스러운 사람은 그 주인이 친히 하고, 믿고 맡기어 광문 열쇠를 내어주고 의심하지 아니하는 법 이오. 하느님은 이 세상에 모든 물건과 사람을 맡아 다스리시는 대주재시오. 누구든지 진실한 마음으로 믿고 회개하고 나아가면 하느님의 열쇠를 받아 맡을 수 있소. 집에 기르던 양이 그 집을 나갔다가 다시 돌아오면 그 집 주인이 그 양을 어떻게 생각하겠 오. 아마 전보다 더더욱 사랑할 것이오. 그와 같이 이 세상 사람 도 하느님을 멀리 하다가 회개하고 참된 마음으로 믿고 나아가 면 더더욱 사랑할 것이오. 전날보다 배나 더더욱 사랑할 것이오. 믿으시오. 믿고 보옵시다.」

하고 전도하는 말이 대통에 물 흐르는 것 같고 소반에 구슬 구르는 것 같다.

이 전도 마누라의 목에 침이 없어 전도하는 말을 중남 어머니 는 가다가 어떤 말은 재미있기도 하고 또 어떤 말은 자기의 당한 경우와 속에 있는 생각을 뺏어 말하는것 같아 그렇지 아니하 여도 가슴속에 모닥불 담아 분 듯한 타는 생각과 고목나무에 속 이 썩는 듯한 썩는 마음이 저절로 춘하추동 사시절이 바뀌 돌아 옴을 따라 어떻다고 말할 수 없는 이 사람에게 천연한 하늘 이 치를 반복설화(反覆說話)하여 물 흘러가는 듯이 모두 다 뼈에 사무치고 가슴에 새겨들어 더더욱 정신 없이 말하는 입만 쳐다 보고 벙벙히 앉았을 뿐일러라.

이윽고 정부인이 전도 마누라더러 힘 없는 어조와 기신 없는 모양으로 천연히,

「하느님을 믿으면 내 속에 이 뭉친 생각이 다 풀어지고 근심

이 없겠오. 믿다 뿐이겠오. 아마 내가 다 죄가 많아 바깥 남정도 돌아갔지요……어떻게 회개하나……잘 믿고 구하면 돌아갔던 사람이라도 다시 살아 올 수가 있겠오.…… 네에……그러면 믿다 뿐이겠오. 이 내 몸이 부셔져서 콩가루 세모래가 되더라도 믿다 뿐이겠오.……네…이내 머리를 베어 신을 삼아 신고라도 가다 뿐이겠오. 에구구 어찌하면 회개하나. 하느님 마옵소서.」

하고 빛이사 붉지는 않지만 주홍같은 피눈물이 눈에서 펑펑 솟는다.

옆에 있어 무슨 까닭인지 알지도 못하고 놀던 간난이는 무슨 일인지 알지는 못하지만 제 어머니의 우는 것을 보고 달려들어 제 어머니를 붙들고 그 전도 마누라를 향하여 손을 둘러매며,

「오빠더러 이를래.」

한다. 그 전도 마누라가 하 어이없이 혼자 생각에 「서름 많은 사람에게 대하여 너무 과격한 감동을 시켰나」하여 더더욱 부드러운 말로,

「여보, 인제 그만 우시오. 이것이 다 회개하는 것이오. 그만 우시오.」

하고 그 부인의 열이 조금 꺼지는 것을 보고 일어서며,

「나는 가오, 내 또 오리다. 생각을 널리 먹고 기운을 차리시오. 전에 드린 그 책을 틈틈이 많이 보시오.」

하고 그만 나간다.

세상의 풍조를 불어오는대로 동으로 불면 동으로 구부러지고, 서으로 불면 서으로 구부러져 물결처 오는대로 바람 불어 오는 대로 수양버드나무같이 물 위에 떠 있는 나무잎새같이 되는대로, 모지는 일과 목적 있고 주지 있는 일은 아무쪼록 되도록 살

살 피하면서, 날 찾거든 나 없다고 눈가리고 등 꼬부리고, 이도 령 어사 출도할제 운봉 영장의 체격(體格)으로, 무슨 일이든지 있을 때에 죽어가는 형용이라도 그려 피하는 사람은 이 세상에 으뜸가는 제일류의 행복가(幸福家)가 되어, 드나 나나 부귀가 쌍전하여 집안에 들고 보면, 재물은 어떻든지 살살살 남의 눈을 기구라도, 해마다 계량할 만한 논밭전지는 물길 좋고 가져오기 편한 곳에 장만하여 놓고, 첩두고 줄통빼고 큰체하고 배문지르 고 크게 트림하며, 집에 나고보면 사린교 장도교에 외임 아니면 내직으로 장대같은 긴 담뱃대 먹사리같은 큰 쌈지와 요강망태 갖추어서 전후 좌우에 오륙인이 지나는 하인을 거느리고 교자 속에 앉은 것이 나무로 만들어 놓은 목상(木像)같이 꾸부려 꼿 꼿하게 앉아, 힘 없어 들을 수 없는 것 같은 손을 들어 득득연 (得得然)한 모양으로 수염을 어루만지면서, 이 세상에 날만한 사람은 또다시 없으려니 하는 행복가가 되고, 그 다음 행복가는 시비선악(是非善惡) 구별 없이 미친체하고 떡고리짝에 엎드려지 는 격으로, 예도 덥적 제도 덥적 물덤벙 술덤벙 크나 적으나 굵 으나 가느나 나에게 이되는 일만 있고 보면 그 사람은 상전으로 알고 네네 하지마는 그 사람에게 이익되는 일을 다 가져온 이후 에는 간다 보아라, 후 불어대고 또다시 다른 곳에 가서 이와 같 은 일을 다시 경영하여 어떻든지 남은 죽든지 살든지 나만 좋으 면 그만이지 하는 방법으로 재물 모우고 지위 얻은 사람이 이 세상에 제이류(第二流)의 행복가가 되어, 재물을 자룡이 헌창쓰 듯 기생 떼어 첩치가에 양권련 뾰죽발로 득득연 분주하여, 이 세상의 영웅호걸은 나밖에 또 없거니 하여 다 각각 권모술수가 있어 이 세상의 풍조로 더불어 이리저리 기우는대로 바람 부는 대로 물결치는대로 같이 놀아 득득연한 행복가를 이르지마는,

이 세상에 제일 흠모(欽慕)할만 하고 불쌍하고 가엾은 사람은 뜻이 있어 이러한 제일류 제이류의 사람과 같지 아니하여, 자기의 잡은 생각을 이루기 위하여 이 세상의 이러한 풍조를 거슬러 노는 사람이라. 이 사람만 공연히 불행한 지경에 빠질 뿐 아니라 그 사람에게 따라 있던 사람도 다 그 사람과 같는 지경에 빠지는도다. 같은 지경에만 빠질 뿐일까. 또 한층 더 불쌍한 지경에 빠지는도다. 이 한대홍 씨의 집은 실로 이 지경을 당하고 실로 이 지경에 빠진 집이로다.

(皇城新聞· 1907)

註 : 서명된 작자의 호 「繫阿」는 누구의 것이었는지 현재로서 확인할 수가 없음.

혈의 누 하편

-국초(菊初) 이인직

　　부산 절영도 밖에 하늘 밑까지 툭 터진 듯한 망망 대해에 시커먼 연기를 무럭무럭 일으키며 부산항을 향하고 살같이 들어닫는 것은 화륜선이다.

　　오륙도 절영도 두 틈으로 두 좁은 어구로 들어오는데 반속력 배질을 하며 화통에는 소리가 하늘 당나귀가 내려와 우는지, 웅장한 그 소리 한 마디에 부산 초량이 들썩들썩한다. 물건을 드리고 내는 운수회사도 그 화통 소리에 귀를 기우리고 사람을 보내고 맞아드는 여인숙에서도 그 화통 소리에 귀를 기울이는데, 화륜선 닻이 뚝 떨어지며 쌈판배가 벌떼같이 드러난다. 부산 객주에 첫째나 둘째 집에는 최주사집 서기보는 소년이 큰 사랑 미닫이를 열며,

　　「소년」「여보시오, 주 사장. 진남포에서 배 들어왔읍니다. 우리 짐도 이 배편에 왔을 터이니 사람을 보내 보아야 하겠읍니다.」

　　최주사는 낮잠을 자다가 화륜선 화통 소리에 잠이 깨어 일어앉아서 무슨 생각을 하고 있던 터이라. 서기의 말을 들은체 만체 하고 앉았다가 긴치 않은 말대답하듯,

　　「최」「날더러 물을 것 무엇있나. 자네가 알아서 할 일이지.」

　　소년은 서기 방으로 가고 최주사는 큰 사랑에 혼자 앉았더라.

　　최주사는 몇 해 동안에 재물이 불 일어나듯 느는데 그 재물이

韓末의 新聞小說

늘수록 최주사의 심회가 산란하다. 재물을 모을 때는 욕심에 취하여 두 눈이 빨개서 날뛰더니 재물을 많이 모아 놓고 보니 재물이 그리 귀할 것이 없는 줄로 생각이라. 빈 담뱃대 딱딱 떨어 물고 물뿌리를 두어번 확확 내불어 보더니 지네발 같은 평양 엽초 한 대를 담아 붙여 물고 담배 연기를 혹혹 내불면서 무슨 생각을 하다가 혼자 말로 탄식이라.

「재물.

재물.

재물이 좋기는 좋지만은 제 생전에 먹고 입고 지낼만 하면 그만이지, 그것은 그리 많아 쓸 데 있나. 몸 괴로운 줄 모르고 마음 괴로운 줄 모르고 재물만 모으려고 기를 버럭 쓰는 것은 어리석은 일이었다. 흥, 어리석은 것도 아니야. 환장한 사람이지. 풀끝에 이슬같은 이 몸이 죽은 후에 그 재물이 어찌 될지 누가 알 바 있나. 적막한 북망산에 돈이 와서 일곡이나 하고 갈까. 흥, 가소로운 일이로고.

내 나이 육십여세라. 인생 칠십고래희라 하였으니 내가 칠십을 살더라도 이 앞에 칠팔년 동안 뿐이로구나.

아들은 양자.

딸은 저 모양

어- 내 팔자도 기박하고.

옥련이나 살았더면 짐짓이 마음을 붙였을 터인데, 그런 불쌍한 일이 있나. 오냐, 그만 두어라. 집안 일은 잘 되나 못 되나 서기에게 맡겨 두고 평양 가서 딸도 만나보고 미국 가서 사위나 만나보고 오겠다.」

마침 문간이 들석 들석 하더니 무슨 별일이나 있는 듯이 계집종들이 참새떼 자잘거리듯 지껄이며 사랑마당으로 올라 들어오는 데 최주사는 혼자 중얼거리고 앉아서 귀에 달은 소리는 아니 들어오던지 내다 보지도 아니한다.

마루 위에서 신 벗는 소리가 나더니 사랑 지게문을 펄쩍 열며,

「아버지, 나 왔소.」

하며 들어 오는 데 최주사가 정신이 번쩍나서 처다 보니 딸이라.

「최」「이애, 이것이 꿈이냐. 네가 어찌 여기를 왔느냐.」

「딸」「내가 날개 돋혀 내려왔소.」

하며 어린아이 응석하듯, 웃으며 들어오는 모습이 얼굴에 화기가 돈다.

최주사는 꿈에라도 그 딸을 만나보면 근심하는 얼굴만 보이더니 상시에 저러한 얼굴 빛을 보고 최주사 얼굴에도 화기가 돈다.

「최」「이애, 참 별일이다. 네가 오기는 뜻밖이로구나. 여편네가 십리 길이 어려운 처지인데 일천 오백리 길에 네가 어찌 혼자 왔단 말이냐.」

「딸」「옥련이 같은 어린 계집 아이도 육만리나 되는 미국을 갔는데 내가 이까짓 데를 못 와요. 진남포로 내려와서 화륜선 타고 왔소. 아버지, 나는 개화하였소. 이길로 미국에나 들어가서 옥련이나 만나보고 옥련의 남편 될 사람도 내 눈으로 좀 자세히 보고 오겠오. 아버지, 나를 돈이나 좀 많이 주시오. 옥련이가 좋아하는 것이 있거든 사서 주겠오.」

최주사가 옥련이 살았단 말을 듣더니 딸을 만나보고 반가운 마음은 잊었던지 몇해 만에 보는 딸에게 그 동안 잘 있었느냐, 못 있었느냐, 말은 한 마디 없고 옥련의 말만 묻고 앉았다가 그 날 저녁에는 흥김에 밥을 아니 먹고 술만 먹으며 횡설수설하다

가 주정이 나서 그 후 최부인더러 짐짓 자랄 때에 잘 굴었느니 못 굴었느니 하며 삼십년 전 일을 말하고 앉았다가 내외간 싸움이 일어나서 마누라는 자식도 없는 늙은년이 서러워서 죽고 싶으니 살고 싶으니 하며 울며 청승을 떨고 있고.

딸은 내가 아니 왔다면 이런 일이 없었을 터인데, 하면서 이 밤으로 도로 가느니 마느니 하는 서슬에 왼 집안이 붙들고 만류하여 야단났네.

최주사가 그 딸이 가느니 마느니 하는 것을 보고 취중에 화가 나서 혀 꼬부러진 소리로 마누라에게 화풀이를 한다.

「최」「응, 마누라가 낳은 딸 같으면 저럴 리가 만무하지. 모처럼 온 제집을 들어앉기도 전에 도로 쫓으려 드니.」

마누라는 애매한 책망을 듣고 청승을 점점 더 떨고 딸은 점점 불리한 마음이 더나서 친정에 왔던 후회만 하고 최주사의 주정은 점점 더 하는데, 왼 집안이 잠을 못 자고 안마루 안마당에 그득 모였으나 최주사의 주정을 감히 말릴 사람은 없는지라.

최주사의 아들이 섯부른 소리로 최주사더러 좀 참으시면 좋겠습니다, 하였더니 최주사가 취중에 진정 말이 나오던지,

「최」「이애, 주제넘게 네가 내집 일에 참견이 무엇이냐.」
하며 핀잔을 탁 주더니 최주사의 아들은 양자 들어온 사람의 마음이라. 야속한 생각이 들어서 캄캄한 바깥 마당에 나가서 혼자 우두커니 섰다가 담배 한 대를 부처 물고 나올 작정으로 서기 방으로 들어간다.

서기 방에서는 문서를 닦느라고 두 사람이 마주 앉아서 부르고 놓고 하다가 최주사의 아들이 담뱃대 찾는 수선에 주 한개를 달깍 더 놓았더라. 주 놓던 사람이 아차 하며 쳐다 보더니 젊은 주인이라. 다른 사람이 서기 방에 들어가서 수선을 그렇게 피웠

으면 생핀잔을 보았을 터인데 주인의 아들인고로 핀잔은 고사하고 담배 한대 꺼내 주노라고 쌈지 끈 끌르는 사람이 둘이나 된다. 문서책 한 권이 보기에는 대단치 아니한 백지 몇 장이로되 그 속에 있는 것만 하여도 어디를 가던지 부자 득명할 재물 덩어리라.

최주사의 아들이 최주사를 야속하게 여기던 마음이 쑥 들어가고 조심하는 마음이 생겨서 다시 안으로 들어가더니 웃는 낯으로 어머니, 그리 마시오. 누님 그리 마시오 하며 애를 쓰고 돌아 다니는데 최주사가 곤드레 만드레 하며,

「최」「그만 내버려 두어라. 그것들 방정 실컷 떨게……」
하더니 사랑으로 비틀비틀 나가서 쓰러지더니 콧구멍에서 맷돌질하는 소리가 나도록 코를 곤다.

그 이튿날 아침에 최주사가 일어나 안으로 들어가더니 마누라와 딸과 아들까지 불러 앉히고 재미있는 모양으로 말을 떠드는데 마누라는 어젯밤에 있던 성이 조금도 아니 풀린 모양으로 아무 소리 없이 돌아앉았더라.

「딸」「아버지, 어젯밤에 웬 술을 그렇게 많이 잡수셨읍니까.」
최주사가 그 전날 밤에 사랑으로 나가던 생각은 일어나나, 처음에 주정하던 일은 멀쩡하게 생각하면서 생시치미를 뗀다.

「최」「응, 과히 취하였더냐. 주정이나 아니 하더냐. 오냐, 살아 생전 일배주라니 내가 주정을 하면 몇 해나 하겠느냐. 허허허.」
웃음 한 마디에 왼 집안이 화기가 돈다. 최주사가 그 날은 술 한잔 아니 먹고 아들과 서기에게 집안 일 분별하더니 딸을 데리고 미국 들어갈 치행을 차리더라.

물 속에 산이 솟고 산 아래는 물만 있는 해협을 끼고 달아나는 화륜선은 어찌 그리 빠르던지. 눈 앞에 보이던 산이어늘 하면 뒤에가 있다. 부산항에서 떠나서 일본 대마도 마관· 신호· 대판을 지내놓고 횡빈으로 들어가는데 옥련 어머니 마음에는 그만하면 미국 산천이 거의 보이거니 생각하고 하루에도 몇 번인지 화륜선 갑판 위에 올라가서 배가는 곳만 바라보고 섰다.

이 배같이 크고 빠른 것은 다시 없으려니 하였더니 그 배는 횡빈에서 닻을 주고 태평양 내왕하는 배를 갈아타니 그 배는 먼저 탔던 배보다 더 크고 빠른 배라. 그러한 배를 타고 더디 간다 한탄하는 사람은 옥련의 부녀를 만나보러 가는 최주사의 부녀 뿐이더라. 앉았으나 섰으나, 잠이 들었으나 깨었으나, 타고 앉은 배는 밤낮 쉴새없이 달아나는데, 지낸 곳에 보이던 일본 산천은 자라목 움추러드는 듯 점점 적어지더니 태평양을 들어서면서 산 명색이라고는 오똑이 만한 것 하나도 보이지 않고 보이는 것은 물과 하늘 뿐이라.

푸르고 푸른 하늘을 턱턱 치는 듯한 바닷물은 하늘을 씻어서 물이 푸르러 졌는지. 푸른 물결이 하늘에 드리쳐서 하늘에 물이 들었는지, 물 빛이나 하늘 빛이나 그 빛이 그 빛이라.

배는 가는지 아니 가는지, 밤낮 가도 그 자리에 그대로 선 것 같은데, 그 크던 배가 만리창해에 마름 하나 떠 다니는 것 같다.

최주사 부녀가 갑판 위로 돌아다니며 구경을 하다가 최주사의 딸이 응석을 한다.

「딸」「아버지, 아버지께서는 딸의 덕에 이런 좋은 구경을 하시는구려. 내가 없었더면 아버지께서 여기 오실 까닭이 있오.」

「최」「허허허. 효성은 딸이 하나 보다. 나도 딸의 덕에 이 구경을 하고 너도 옥련의 덕에 이 구경을 하는구나. 네가 네 남편이 미국 있다는 말을 들은 지가 팔 구년이 되었으나 미국 간다는 말도 없더니, 옥련이가 미국 있다는 말을 듣고 대문 밖에도 못나가던 위인이 미국을 가니 자식에게 향하는 마음이 그러한 것이로구나.」

하면서 딸을 물끄러미 보는데 최주사의 딸이 그 부친의 말을 듣다가 무슨 마음인지 눈물이 돌며 눈자위에 붉은 빛을 떠었더라.

최주사가 그 딸의 눈물 나는 모양을 보더니 또한 무슨 마음인지 눈에 눈물이 돈다. 딸의 눈물은 그 아버지가 양자한 아들을 데리고 뜻에 맞지 못하여 애비는 아들의 눈치를 보고 아들은 애비의 눈치를 보던 그 모양이 생각이 나서 딸 자식된 마음에 그 아버지 신세를 생각하고 나오는 눈물이요, 최주사의 눈물은 그 딸이 청일전쟁 난리 겪은 후에 내외간에 이별하고 모녀간에 소식을 모르고 장팔어미만 데리고 근심하고 고생하던 일이 불쌍한 생각이 나서 나오는 눈물이라. 서로 눈물을 감추고 서로 위로하다가 다시 옥련의 이야기가 시작되며 웃음 소리가 난다.

「딸」「아버지, 우리 오던 곳이 어디며, 우리가 향하여 가는 곳은 어디요. 해를 쳐다 보아도 동서남북을 모르겠소 그려.

이 편을 바라보아도 물 뿐이오, 저 편을 바라 보아도 물 뿐인데 물 밖에는 하늘 외에 또 무엇이 있오. 아버지, 아버지, 우리가 일본 횡빈에서 떠난 후에 이 물이 넘쳐서 세상 사람 사는 곳은 다 덮혀 싸여서 물속으로 들어갔나 보오. 처음부터 아니 보이던 산은 어찌하여 많이 보이는지 모르겠소마는 우리 눈으로 보던 산까지 아니 보이니 그 산이 어디로 갔단 말이오.」

「최」「글쎄, 나도 모르겠다. 완고로 자라서 완고로 늙은 사람이 무엇을 알겠느냐. 부산 소학교 아이들이 모여 앉으면 별소리가 다 많더라마는 무심히 들었더니 지금 생각하니 좀 자세히 들었으면 좋을 뻔하였다. 어그 무엇이라던가.

수박같이 둥그런 땅덩이에서 사람이 산다 하니 수박같이 둥글 지경이면 이 편에서 저편이 보이겠느냐. 그런 것을 물으려거든 아무 것도 모르는 완고의 애비더러 묻지 말고 신학문 배운 네 딸 옥련이더러 물어 보아라.」
하며 최주사의 얼굴에 즐거운 빛을 띠었는데 옥련이같은 딸 둔 최주사의 딸도 얼굴에 웃음 빛을 띠고 그 부친을 쳐다본다.

최주사의 부녀가 구경을 하다가도 옥련의 이야기요, 음식을 먹다가도 옥련의 이야기가 시작되는데, 천지간에 자식 사랑하는 정은 옥련의 모친같은 사람은 다시 없을 것 같다.

태평양에서 미국 화성돈이 멀기는 한량 없이 멀건마는 지구 상 공기는 한 공기라. 태평양에서 불던 바람이 북아메리카로 들이 치면서 화성돈 어느 공원에서 단풍 구경을 하던 한국 여학생 옥련이가 재채기를 한다.

「옥」「누가 내 말을 하나 보다. 웬 재채기가 이렇게 나누. 에그 내 말할 사람이야 우리 어머니밖에 누가 있나.」
하면서 호텔[주막]로 들어가다 만리 타국에서 부녀가 각각 헤어져 있기는 서로 섭섭한 일이나, 김관일이 다니는 학교와 옥련이가 다니는 학교가 다른고로 학교 가까운 곳을 취하여 옥련이가 있는 호텔과 김관일이 있는 호텔이 각각이라.

옥련이가 저 있는 호텔로 가다가 돌아서서 그 부친 김관일의 호텔로 가더라. 호텔문안으로 들어서는데 우체군사가 김관일에게 오는 전보를 들이더니 보이가 손에는 전보를 받아들고 한편으로 옥련이를 인도하여 김관일의 방으로 들어간다.

옥련이가 그 부친에게 인사하기는 잊었던지, 들어서며 하는

말이,

「아버지, 전보가 어디서 왔읍니까.」

김관일이도 옥련이더러 말할 새도 없던지,

「글쎄, 보아야 알겠다.」

하면서 전보를 뚝 떼어 보더니 발신소는 미국 상항 우편국이오, 발신인은 최항래라. 전문에 하였으되,

「딸을 데리고 간다. 상항에서 배 내렸다. 내일 오전 첫 차를 타고 가겠다.」

기쁜 마음에 뜨이면 분명한 사람도 병신같은 일이 혹 있는지, 김관일이가 전보를 들고,

「김」「응, 무엇이냐. 최항래. 최항래. 최항래가 네 외조부의 이름인데. 이애, 옥련아, 이 전보 좀 보아라.」

옥련이가 선뜻 받아들고 자세히 보니 그 어머니가 온다는 전보라. 부녀가 돌려가며 전보를 보는데 옥련의 기뻐하는 모양은 죽었던 어머니가 살아와도 그 외에 더 기뻐할 수는 없겠더라.

그날 그때부터 옥련이는 그 어머니가 타고 오는 기차를 기다리는데 일각이 여삼추라. 생각으로 해를 보내고 생각으로 밤을 보내다가 잠이 들어 꿈을 꾸었더라. 옥련이가 혼자 기차를 타고 그 어머니 마중을 나간다. 상항에서 화성돈으로 오는 기차는 옥련의 모친이 타고 오는 기차이오. 화성돈에서 상항으로 가는 기차는 옥련이가 타고가는 기차라.

원래 그 기차가 쌍선이 아니던지, 단선의 철도에서 오고 가는 기차가 시간을 어기었던지, 두 기차가 서로 충돌이 되었더라. 기차가 상하고 사람이 무수히 상하였는데 그 중에 조선복색한 여편네 송장이 있는 것을 보고 옥련이가 그 어머니 죽은 송장이라고 붙들고 운다. 흑흑 느껴 울다가 제풀에 잠을 깨니 남가일몽

이라.

　전기등은 눈이 부시도록 밝고, 자명종은 열 두시를 땅땅 친다. 옥련이가 그 어머니를 과히 생각하는 중에서 그런 꿈이 된 줄 알고 마음을 진정 하였더라.

　옥련이의 모친이 옥련이를 생각하는 마음과 옥련이가 그 어머니를 생각하는 마음을 비교할 지경이면 누가 우등생이 될는지. 인간에 그런 사정은 하나님이나 자세히 알으실까.

　그렇게 서로 간절하던 옥련의 모녀가 화성돈에서 만나 보는데 그 모녀가 좋아하는 모양을 볼진데 옥련이가 미칠지, 옥련의 어머니가 미칠지, 둘이 다 미칠지 염려할 만도 하더라.

　최주사의 부녀가 화성돈에서 삼주일을 묵고 고국으로 돌아온다. 떠나던 전날은 일요일이라. 최주사와 김관일과 구완서와 옥련의 모녀까지 다섯 사람이 모여 앉았는데 그날은 다른 말은 별로 없고 옥련의 혼인 공론이 부산하다.

　최주사 부녀는 조선풍속이 골수에 꼭 박힌 사람이라. 내 사정만 주장하고 옥련이와 구완서를 데리고 조선으로 가서 혼인을 지낸 후에 즉시 미국으로 돌려 보내겠다 하고, 김관일이는 싱긋싱긋 웃으면서 구완서만 힐끔 힐끔 보고 앉았고, 옥련이는 아무 말 없이 술병을 들고 외조부 앞에 술을 따르며 앉았고, 구완서는 최주사 부녀의 말 끝나기를 기다리고 앉았는데, 최주사의 부녀는 말 대답하는 사람이 다 될 것 같이 옥련이와 구완서를 데리고 갈 생각으로 말한다.

　구완서가 옥련의 얼굴을 물끄러미 보다가 다시 옥련의 모친을 보며 자기의 질정하였던 마음을 설명한다.

　「구」「옥련같이 학문 자질이 있는 따님을 두시고 날같이 용렬한 사람으로 사위를 삼으려 하시는 것은 감사하기 측량 없읍니다. 그렇게 감사한 일을 생각하면 오늘이라도 말씀 하시는대로 쫓을 일이오나 아직 어린 서생들이 혼인이 무엇이오니까.」
하면서 다시 옥련이를 돌아다 보며 허허 웃더니,

「구」「여보게 옥련, 지금은 우리가 동무이지, 귀국하면 내외가 될터이지. 우리가 자유로 결혼하자 언약을 맺은 사람이라. 언약을 맺어도 자유, 언약을 파하여도 자유, 어느 때로 행례할 기약을 정하는 것도 자유로 할 일이라. 나도 부모 구존한 사람이오, 그대도 부모 구존한 터이라. 부모가 미성년한 자식에게 명령할 일은 공부 잘 하여라, 나라를 위하여라 하는 것이 부모된 이들의 도리요 직분이라.

지금 우리가 고국에 돌아가면 공부에 방해도 적지 아니할 터이오. 혈기 미성한 사람들이 일찍 시집가고 장가드는 것은 제 신상에 그렇게 해로운 것은 없는지라. 그러나 우리가 제 일신의 이해를 교계하는 것은 오히려 둘째로다.

여보게 옥련. 우리가 공부를 하여도 나라를 위하여 하고 살아도 나라를 위하여 살고 죽어도 나라를 위하여 죽는 것이 옳은 일이라. 여보게 옥련. 자네 마음 어떠한가. 어서 시집이나 가서 세간살이나 재미 있게 하면 그것이 소원인가. 자네 소원이 만일 그러할진데 우리 기왕 언약이 아무리 중하더라도 나는 그 언약보다도 더 중요한 국가를 위한다는 생각이 있으니 자네는 바삐 귀국하여 어진 남편을 구하여 하루 바삐 시집가서 자네 부모의 소원대로 하게.」

그말 한 마디에 옥련의 모친은 눈이 휘둥그래졌다.

「옥련 모친」「에그, 천만의 말도 하네. 내 말 끝에 옥련이더러 그렇게 말할 것 무엇있나. 말은 내가 하였지, 옥련이가 무슨 입이나 떼었나. 나는 지금부터 구완서를 내 사위로 알고 있어. 에그, 사위라 하면서 이름을 불렀네. 아무러면 허물 있나. 여보게 이사람, 자네 옥련이더러 너의 부모 소원대로 하라 하니 우리 소원이야 하루바삐 구완서를 내 사위 삼고픈 소원 외에 또 무슨 소원이 있나. 지금 혼인을 하면 공부에 해로울 터이면 두었다가 아무 때나 하지.」

하며 횡설수설하는 것은 옥련의 모친이 구완서가 혼인 언약을 깨뜨릴까 염려하는 말이더라.

최주사는 완고의 늙은이라. 구완서의 하는 말을 들은 즉 버릇 없는 후레자식도 같고, 너무 주제넘은 것도 같은지라. 최주사의 마음에는 옥련이 같은 외손녀를 두고 어디를 가기로 구완서만 한 외손서 감을 못 고르랴 싶은 생각 뿐이라. 또 최주사가 일평생에 돈 많고 기펴고 지내던 사람이라. 자기 마음대로 하면 옥련이를 곧 데리고 나가서 극진한 신랑감을 골라서 기구 있게 혼인을 잘 지내고 싶으나 한치 건너 두치라, 외손의 혼인부터는 내 마음대로 하기가 어려운 생각이 있어서 딸의 눈치도 보다가 사위의 눈치도 보며 헛 기침만 하고 앉았다.

김관일은 본디 구완서의 기개를 아는 사람이라. 말 없이 앉았다가 그 부인더러 간단한 말로 옥련의 혼인은 아는 체 말자 하면서 옥련의 얼굴을 거들떠 보니 옥련이는 머리 위에 꽃을 꽂고, 눈썹은 나비를 그린 듯한데 눈은 내리깔고 앉았으니 무슨 생각이 있는지 없는지, 옥련이를 낳은 옥련의 부모라도 뜻은 알 수 없겠더라.

옥련이와 구완서는 몇 해 동안이든지 공부 성취하도록 고국에 돌아가지 않기로 작정하였고 혼인은 본래 작정대로 귀국하는 이후에 성례하기로 옥련의 모친까지 그 작정을 쫓아 허락하고 그 이튿날 부산으로 떠나간다.

사람이 구름같이 모여드는 정거장에서 오후 기차 시간을 기다려서 상항 가는 기차표 사는 사람은 최주사의 부녀요. 입장권 사서 들고 최주사의 부녀더러 이리 가오, 저리 가오, 시간이 되었오, 기차가 떠나겠오 하며 가르치는 사람은 최주사의 부녀를 석별하러 온 김관일의 부녀요.

정거장에 잠깐 나왔다가 학교에 동창회(同窓會)가 있다 하면서 기차 떠나는 것을 못 보고 먼저 들어가는 사람은 구완서요. 철도회사 복색을 입고 이리 저리 다니면서 기차를 살펴보는 사람은 장거수라. 시계를 내어 보더니 손을 번쩍 들며 호각을 부는데 호르륵 소리 한 마디에 기차가 꿈쩍거린다.

기차 속에서 눈물을 머금고 「옥련이, 아버지 모시고 잘 있거라.」하는 사람은 옥련의 모친. 기차 밖에서 목메인 소리로 「어머니, 할아버지 모시고 안녕히 가시오..」하며 눈물을 씻는 사람은 옥련. 삽보를 벗어 들고 손을 높다랗게 처들고 기차 속에 있는 최주사를 바라보며 「만리 고국에 태평히 가시오. 대한민국 만세.」소리를 지르는 사람은 김관일. 싱긋 웃으며 턱만 끄덕하고 김관일의 부녀 선 것을 바라보는 사람은 최주사이라.

기차의 연기 뿜는 고동소리가 점점 잦으며 기차는 구루마같이 달아난다. 기차는 점점 멀어지고 연기만이 남아서 공중에 서렸는데 눈물이 가득한 옥련의 눈이 기차 연기만 바라보고 섰다.

「김」「이애, 옥련아. 울지 말고 들어가자. 오래 섰으면 철도회사 사람에게 핀잔 보고 쫓겨난다. 몇 해만 지내면 나도 귀국하고 너도 귀국할 터인데 그렇게 섭섭하게 여길게 무엇이냐. 네가 일본과 미국으로 유리 포박하여 부모의 사생을 모르고 있을 때를 생각하여 보아라. 지금은 부모를 만나 보았으니 좀 좋은 일이냐. 이애 옥련아, 우리 이 길로 공원에 나가서 바람이나 쏘이고 구경이나 하자.」
하면서 옥련이를 데리고 공원으로 들어가니 석양은 만리요, 상항은 보이지 아니 하더라.

옥련이가 어머니를 이별하고 섭섭하여 하는 모양이 실성을 할 것 같은지라, 그 부친이 중언 부언하여 옥련이를 위로하고 각기 호텔에 돌아가더라.

옥련이가 난리 중에 그 부모를 잃고 타국으로 유리 할 때에 그 부모가 다 죽은 줄로 알고 있던 터이라.

일본 대판 정상군의 집에 있을 때 지내던 일을 말할지라도 학교에 가면 공부에만 정신이 쓰이고 집에 돌아오면 정상부인에게 정도 들었고 조심도 극진히 하였고 동무를 대하면 재미 있게 놀아도 보았는데 그럭저럭 부모 생각도 다 잊었으니, 미국에 온 지 사오년 만에 천만의외에 그 부친을 만나보고 그 어머니 생존한 줄을 알았는데 하루 바삐 그 어머니 얼굴을 보고 싶으나 일변으로 생각하면 그 어머니가 살아 있는 것만 기뻐하여 얼굴에 희색이 만면하던 옥련이가 그 어머니를 만나보고 작별하더니 얼굴에 근심빛 뿐이라.

귀에는 어머니 소리가 들리는 듯하고 눈에는 어머니 모양이 보이는 듯하다. 평양성 난리 후에 그 어머니가 고생한 이야기하던 것과 화성돈 정거장에서 그 어머니 떠나던 일은 옥련의 마음속에 사진같이 다 박혀 있다. 옥련이가 지향 없이 혼자말로,

「옥」「우리 어머니는 어디 쯤이나 가셨누. 아버지도 여기에 계시고 나도 여기 있는데 어머니 혼자 우리나라로 가시는구나. 내 몸 둘이 되었으면 하나는 아버지 뫼시고 있고 하나는 어머니 뫼시고 있고지고. 우리 어머니가 평양성 중에서 십년 동안을 근

심 중으로 지내시고 또 혼자 평양으로 가시는구나. 나를 생각하시느라고 병환이나 아니 날까.」

옥련이가 그렇게 어머니를 생각하고 있는데 그 어머니 마음은 어떠할고. 옥련의 어머니는 남편도 이별하고 그 딸 옥련이도 이별하였으니 그 이별은 겹이별이라. 그 근심이 오직 대단할 것 아니언마는 옥련의 모친 마음이 그렇게 아니하고 도리어 기쁜 마음 뿐이라.

(帝國新聞· 1907)

註 : 흔히 이제까지 萬歲報에 실린 李人稙의 『血의 淚』 상편의 하편은 『牧丹峰』이라고 알려져 왔다. 그러나 이것이 오류인 점은 이 작품의 발굴로 분명해진 셈이다.

이어기담(俚語奇談)

　어떤 시골 호반 일명이 본디 기골이 장대하고 풍채 준수하고 또 간담이 범인과 다른지라. 구사차1)로 상경한 지 오래되, 소망이 여의치 못하여 비록 영웅의 수단으로 일시 곤궁함을 면치 못하더니, 일일은 그 여관 앞으로 뉘 집 상노가 밥상을 이고 가는 것을 보고 불러 물어 왈,

　「뉘 댁 상노며 그 밥은 어디로 가져 가느냐.」

한즉, 그 아이 불평한 기색으로 대답하되,

　「소년은 지금 아무 훈련대장 댁 상노이니와, 사또의 진지상을 가지고 가거니와, 총총히 가는 것을 무단이 불러 가는 길을 더디게 하는 일은 무슨 까닭이오.」

하고, 급히 가는지라. 그 호반이 소리를 크게 질러 왈,

　「너의 사또는 국은을 후히 입고, 국록을 많이 먹고, 나라 은혜를 갚은 일이 없이 고대광실과 금은옥식으로 부귀하거니와, 조석으로 먹는 밥과 사시로 입는 의복은 곧 우리 백성이 걷어 바치는 돈으로 장만하는 것이라. 너도 구복2)을 위하여 그런 염치 없고 무도한 과인의 집에 하인 노릇을 할지언정 어찌 그런 과인의 형세를 믿고 불공함이 심하뇨. 내가 너를 한 주먹으로 타살코자 하나, 어리석어 그런 모양이니 용서하거니와, 내가 객지에서 시장하니 좀 먹자.」

---

1) 구사차-求事次.
2) 구복-口腹.

하며, 공갈하는 경황이 사람의 간담이 떨어질 듯한지라. 그 아이 황급하여 밥상을 내려 놓았더니, 진소위3) 기자이감식4)이라. 순식간에 다 먹고 상만 내어 주는지라. 그 아이 기가 막혀 하는 말이,

「소년이 사또의 밥상을 잃어 버리고 그저 돌아가오면 큰 야단을 만날 것은 이무가론이옵거니와, 변상이 약시5)한 증거는 분명히 대지 않을 수 없사오니, 어디 사는 누가 약시하였다는 증거나 자세히 알고자 하오니, 바라건대 어디 사시며 뉘 댁이신지 아옵고자 하노라.」

한데, 그 호반이 대답하되,

「기특하도다. 사람의 일이 원래 그렇게 자세히 하여야 쓸지라. 나는 아무 시골사는 아무요, 벼슬은 무엇이오, 주인은 이집이니 너의 댁에 그대로 일러 바치라.」

하는지라, 그 아이 황망히 돌아올 제, 심중에 생각하되, 세상에 밥을 빌어 먹는 놈은 많지만은 길가에서 양반의 밥상 빼앗아 먹는 놈은 전고에 듣도 보도 못한 일일 뿐더러 댁에 가서 이대로 말씀하면 나중에 그놈은 경을 단단히 쳐주려니와 당장에 내가 먼저 야단을 만날 터이니 어찌할고.」 이리저리 생각하는 중 어언간 그 집에 득달하여 묵묵히 그릇만 남은 밥상을 내려 놓은 즉, 그 집안에서 밥상을 상고6)한 즉, 간장 한 종지도 남기지 않았는지라. 아이더러 묻는 말이,

「사또께서 허기가 저서 이렇게 다 잡수셨느냐.」

그 아이 머리를 벅벅 긁으며 밥 도적을 만나 잃어 버렸다고

---

3) 진소위-眞所謂.
4) 기자이감식-飢者而甘食· 굶은 자가 달게 먹음.
5) 약시-若是· 이러한.
6) 상고-相考.

전후사를 설파함에, 그 집 사람들이 대경, 소리하여 세상에 별난 일도 많다 하고, 황황 급급히 밥상을 다시 차려 보낼 제, 저 아이 거동 보소. 해는 높아 오정인데 사또의 꾸지람은 제소난면이 어니와, 사또께서 들으시면 그놈은 성하지 못하리 하고, 그놈 다시 만날까 겁을 내어 다른 길로 급히 가서 밥상을 드렸더니, 예로 한 바와 같이 어찌 하여 아침이 이렇게 늦었느냐 호령이 나는 지라.

저 아이 전후사를 낱낱이 고급[7]한데, 당장에 서슬 있는 영문 기수 수삼명만 동하여 그 호반을 불러오라, 사또 분부 계신지라. 그 아이 앞을 서서 급급히 찾아가되, 만일에 그 놈이 없게 되면 내가 거짓말하였다고 죄책도 내리려니와 욕본 일을 설치[8]하지 못할 터이니, 어찌할고, 하며 그 집에 다다르니, 그 호반이 의연히 누웠는지라. 기운 있게 하는 말이,

「사또께서 부르시니 어서 바삐 가자.」

한데, 저 호반의 거동 보소. 세수망건 다시 할 제 눈꼬리는 찢어져 올라가고 다박수염 쓰다듬고 완완이 걸어 영문에 당도하여 청상에 올라감에, 사또께서 그 호반의 위인을 살펴본즉, 위풍이 늠름하고 기골이 장대하여 범상한 인물이 아닌 줄로 짐작하고 심중에 탄복하나 짐짓 작색[9]하여 왈,

「요망한 방돌호반이 어찌 무례하기가 그다지 심하여 장신[10]의 번 밥상을 약취하여 먹기까지에 이르렀나뇨. 마땅히 법사[11]에 보내어 별반 장치[12]할 것이로되, 십분 용서하여 불렀으니와,

---

7) 고급-告急.
8) 설치-雪恥.
9) 작색-作色. 불쾌한 안색을 들어냄.
10) 장신-將臣.
11) 법사-法司.

살기는 어디 살며, 성명은 무엇이며, 벼슬은 무엇이뇨.」

한데, 그 호반이 조금도 두려운 빛이 없고 다만 하늘을 바라고 크게 웃고 가로되,

「영웅이 곤궁하면 빨래질하는 할미에게 밥도 빌어 먹었거늘, 사또같이 의식이 족족한 자의 밥 한상 먹은 것을 어찌 허물하며, 또한 사또의 먹고 입고 쓰는 것이 모두 나라 재물이오, 그 나라 재물이란 것은 우리 인민의 추렴하여 내는 돈이라. 하방 인민에게 밥 한상 시의한 것을 그다지 아낄 지경이면, 사또가 어찌 민정을 모를리면, 어찌 조정에 처하여 나라 일을 한다 하리오니까.」

원래 그 대장이 호승13)하는 기벽이 있어서 무론 세미지사라도 남에게 지지 않기로 유명한데, 어떤 문관제상의 집에 있는 문객 일명이 기운이 절륜한지라. 매양 그 대장을 보면 자랑하는 말이, 우리는 비록 문관이라도 문객 아무의 기운은 창해 역사와 같고, 그 도량과 용맹은 이전 삼국 때 자룡, 마초만 못하지 아니한즉, 나라의 불우지변14)이 있더라도 가히 방어하기에 곤란치 아니할 터이어늘, 그대는 자신으로서 무슨 모략이 있단 말을 듣지 못하였으며 또 휘하에 닭 한 마리 결박할 힘 있는 자가 있단 말을 듣지 못하였으니, 어찌 부끄럽지 아니하냐 하며, 매양 조롱하는지라. 그 대장이 말하기를,

「성인이야 능히 성인을 알거늘, 대감이 무슨 사람을 알리오.」

하고 쾌쾌한 말로 대답하나, 항상 방석15)할 도리가 없어 근심하는 중에, 이 호반의 기상과 언론이 가히 사람의 기운을 돋우는

---

12) 장치-藏置.
13) 호승-好勝.
14) 불우지변-不虞之變.
15) 방석-放釋.

지라. 즉시 손을 잡고 왈,

「내가 그대 같은 사람 보지 못함을 근심하던 바라. 내 집에 있어서 달고 쓴 것을 함께 함이 어떠하뇨.」

한데, 그 호반이 수차 사양하다가 마지 못하는 체하고 허락함이 그 장신이 희불자승16)하여 즉시 그 장사 있는 집 주인, 문관 제상을 보고 말하기를,

「대감이 본디 자식이 없거늘, 문객인들 무슨 변변한 자가 있으리오. 내 집에도 사람 하나이 있으니, 기운이 진시황이나 항우도 따르지 못할 터이오.. 지략으로 말하면 관중 악의와 짝할 자 있으니 우리 한 번 시험하여 우열을 비교함이 어떠하뇨.」

한데, 그 재상이 허락하는지라. 즉시 돌아와 그 호반더러 전후 수말17)을 일러 왈,

「내가 항상 아무 재상의 기운을 이기지 못하여서 한하난배더니, 이제 그대를 얻었으니 다행히 그대는 나의 분함을 위하여 그 집 문객과 한판 씨름으로 승부를 결단하여금 머리를 숙이고 다시 그런 말을 못하게 하기를 바라노라.」

한데, 그 호반이 쾌쾌히 허락하여 왈,

「무슨 염려할 바 있으리오.」

그 대장이 즉시 문관 재상과 의논하고 두 장사를 회동하여 독립관에서 씨름을 부치기로 작정한지라. 그 호반이 장신더러 말하기를,

「장사가 씨름하는 데는 범인과 달라서 서로 용맹을 쓰는 자리에 곁에 사람이 상할까 염려하니, 청하건대 사방에 말목을 박고 굵은 동아줄을 돌려매어 방판을 정하는 것이 좋을 듯 하다.」

---

16) 희불자승-喜不自勝.
17) 수말-首末.

한데, 그 말이 옳다 하여 즉시 그대로 하되, 터를 넓게 잡고 튼튼하게 설비하였더라.

씨름하기로 정한 일자를 당함에, 장안 장외 남녀노소가 장사 씨름 구경하려 나가는 자, 구름 모이듯 한지라. 문무 양 대관이 각각 그 장사와 문객을 데리고 독립관으로 나갈 세, 그 먼저 그 호반이 다른 사람인 체하고 문관 재상집 장사를 찾아 보고, 그 기운의 허실을 시험한즉, 과연 자기보다 힘이 많은 자라. 밤이 깊은 후에 그 정계[18]를 돌려 맨 곳에 나아가서 동아줄 매고 남은 끝을 한 두자 가량이나 칼로 속을 베어서, 겉으로는 여상한 듯하나 실상은 끊기 용이케 만들고, 또 독립관 댓돌 밑을 파고 겉으로 여상하게 만들어 두었은즉, 뉘가 그 꾀를 알리오. 급기 독립관에 나아감에 문무 대소 관원이 열라[19]하였는데 그 호반이 안색을 엄숙하게 하고 출반하여 왈,

「금일, 장안 장외 귀천남녀가 이렇게 모인 뜻은 우리 두 사람의 씨름을 구경코자 함이오니 청하건데 소인과 대적할 장사를 재촉하여 빨리 승부를 결단케 하소서.」

한데, 그 대장이 팔을 뽑내며 문과 재상을 격동하여 왈,

「사람의 언동이 마땅히 이러한지라. 어찌 묵묵히 앉았으리오.」

한데, 문과 재상이 그 문객을 재촉하여 나가게 하는지라. 그 호반이 계하에 내려서며, 입었던 창의와 갓을 벗어, 이왕 파 두었던 곳에 팔힘 있게 놓으며, 발을 눌러 디딤에 땅이 쑥 꺼지는지라. 웃으며 하는 말이,

「무심코 발을 눌러 디뎠더니 땅이 이렇게 꺼지는도다.」

---

18) 정계-定界.
19) 열라-列羅.

한데, 그 장사가 기운이 저상하여 겁내는 빛이 있더라. 즉시 장중에 들어감에, 그 대장이 결실한 백목20) 몇자를 장중으로 던지며 하는 말이,

「하향 사람들은 매양 씨름하는데 삽바를 매나니, 이것으로 매라.」

하는지라. 호반이 소리질러 왈,

「장사의 씨름에서 어찌 녹녹하게 백목을 쓰리오.」

하며, 그 먼저 속으로 끊어 두었던 동아줄을 잡아 당기어, 썩은 새끼 끊듯하여, 왼편 다리에 삽바를 매고 저 문관집 장사더러 말하기를,

「그대도 어서 한 토막 끊어서 매라.」

한데, 그 장사는 근본 졸21)한 향곡22)선비라. 비록 용력은 있으나 그 먼저 호반의 의관 벗을 때, 땅이 꺼지던 때부터 기운이 저상하여 어찌할 줄 모르다가 또 동아줄 끊는 것을 봄에, 진실로 간담이 떨어지는 듯한지라. 그러나 당장에 할 수 없다고 자퇴할 수 없어 마지 못하여 평생 기력을 다하여 간신히 한토막을 끊어 매었더라. 원래 그 금줄 밖에는 구경군이 위립23)하여 동정을 구경하는고로, 그 호반이 문관집 장사를 인도하여 그 중 가운데로 가서 피차에 마주 앉아 어깨를 대이고 장차 일장 흥기를 불러 자웅을 결단할 세, 호반이 장사의 귀에 대고,

「네가 만일 나를 이기려고 용맹을 내게 되면 내가 힘을 다하여 단단이 던져서 네 상투가 보이지 않도록 땅 속으로 들어가게 하리라.」

---

20) 백목-白木.
21) 졸-拙.
22) 향곡-鄕曲.
23) 위립-圍立.

하는지라. 저 장사가 생각하되, 만일 용맹을 쓰다가는 땅 속에 묻힐가 겁내어 가만히 있는지라. 호반의 한 번 소리에 저 장사가 공중에 떨어져 넘어지는지라. 그 대장과 호반이 의기양양하여 문관의 사람 모르는 것을 조롱함에 만좌가 모두 박장대소하는지라. 그 문관이 무류하여 그 장사를 쫓아 보내었다는 말이 있으니, 세상에 무슨 일이던지 힘이 비록 산을 빼고, 용맹이 비록 북해를 건너뛰는 자가 있더라도 지식이 아니면 쓸 데 없는 줄을 가히 알리로다.

(帝國新聞· 光武 10년 7월)

이어기담(俚語奇談)

금일은 비 죽죽 오니 이전 우스운 이야기나 좀 합시다.

산촌 선비가 타 동리 가서 글방 선생 노릇하더니 칠팔세 먹은 학동 일명의 잔꾀가 비상한데, 하루는 그 아이 응석으로,

「선생님 장가들지 않으시렵니까.」

선생이 내심에 좋지만은 체면소치로,

「이놈 글이나 읽지 무슨 잔말이냐.」

한 어린 아이 말이라고 곧이 듣지 아니하니 딱한 일이로고. 수일 후에 또 다시

「선생님 왜 장가 가기 싫으오. 제 말만 들었으면 장가는 꼭 잘들지만은 원통하외다.」

그러하기를 수삼차라. 어린 아이 말도 귀담아 들으랬다고 아무커나 시험하여 보리라 하고,

「그래서 어디로 장가 가란 말이냐.」

「아무 집 과부요.」

선생이 대노하여 꾸짖어 왈,

「그 부인의 절행은 사람마다 칭도하거늘, 조그만 놈이 되지 못할 말을 내어 큰 화를 취하고 싶으냐.」

「아무리 그렇더라도 제 말대로만 하시면 혼인은 염려 없이 되어요.」

「그러면 어떻게 하란 말이냐. 말이나 들어보자.」

「아무 날 그 집에서 타작하지요. 그래서 그날 선생님이 댁에

가시는 양으로 행장차려 그 집 앞으로 지나시면 필경 작별을 할 터이니 떠나가시다가 헤진 후에 아무도 모르게 글방으로 들어와 계시면 될 터이니 염려 마시고 그리 하시면 꼭 되지 않겠나이까.」

선생이 귀가 솔깃하여 그 날 행장을 차려 그 과부 집 앞으로 간즉, 과연 타작하는 사람들이 나서서,

「선생님 어디로 가시오.」

「집에 가본지 오래기로 다니러 가네.」

타작하는데 탁주 사발이나 있는지라. 술 몇 잔 얻어 먹고 작별한즉, 일동이 다 그 선생이 집에 간 줄 알지로다. 그날 밤 삼경에 여러 학동이 시골 이전 풍속으로 그 과부 집에 닭도적질을 가서 주인이 알까 조용히 하는 것이 아니라, 부러 닭을 잡아 풍기며 서로 웃은즉, 그 과부가 벌거벗고 자다가 단속곳 바람으로 내달아 본즉, 글방 아이들이라. 소리 질러 왈,

「이놈들, 너의 선생이 떠나더니 글 공부는 아니하고 도적질 공부만 힘쓰느냐.」

하며, 무수 공갈 하나 그 아이들은 소불동념하고 닭을 붙잡아 가지고 글방으로 달아 나는 지라. 그 과부가 분개대발하여 힘써 따라간 즉 아이들 말이,

「아무리 저렇게 따라오면 우리 선생님 계신 글방에 들어올까.」

과부 그 말에 더욱 분하여 쫓아 가며 하는 말이,

「너희 선생 없는 줄은 일동이소공지어늘, 이놈들이 속여도 분수가 있지, 내가 그런 말에 속겠느냐.」

「그러면 따라 와 보시오.」

하며 글방으로 들어감에,

과부가 급히 따라 들어간즉, 아이들은 닭을 방 중에 버리고 뒷문으로 나가서 앞뒷문을 단단히 봉쇄하고,

「부디 우리 선생님 모시고 잘자라.」

하고 다 각기 제 집으로 간지라.

월침침야삼경에 방에 불이 없어 동서를 불별이오. 문은 첩첩 봉쇄하여 나갈 길이 망연하고, 글방 집이 유벽하여 인적은 고요하니 진퇴유곡 근심할 제 아랫 목에서 기침 소리 자주 나며 개탄하는 말이,

「허 고얀놈들이로고. 문을 밖으로 버티었으니 어찌 한단 말인고. 불을 켜자 한들 모르는 남녀간 안면상대 고이하고, 그저 있자 한즉 침침칠야 중에 어찌 하면 좋단 말고.」

벌거 벗은 저 과부여, 일촌 간장은 봄눈이 녹는 듯하고 덜미에는 벼락이 내리는 듯. 이럴 줄 알았다면 닭은 새로이 집을 다가져 가더라도 가만이 있은 것을. 후회막급 쓸 데 없고 해두사를 곰곰 생각하니, 내 마음 청백하건만은 저 호래비의 심사를 알 수 없고, 설혹 오늘 밤은 욕을 보지 않더라도 다수한 학동들의 인구에 전파하게 되면 호래비 과부 한 방에서 잠 잤다는 누명은 천만금으로도 씻을 수 없을지니, 이 일을 장차 어찌 할고.

일변 탄식코 일변 울음 움을 천지 신명이나 귀신밖에 그 뉘 알리오. 실낱 같은 이내 목숨 당장에 끊자 한들 유의막수할 수 없고 명일에나 죽자한들 얼 뜨기가 한량없다. 이리 저리 고생타가 계명성이 자주 나고 동방이 희어 가니 원촌에 개소리는 심사를 요동하고 적신으로 집에 갈 일, 죽는 것이 낫겠도다.

그 앞에 우물에서 동리 부녀 물 긷는데, 몹쓸 년의 학동들이 한명 두명 모여들 제, 때는 마침 구추상강이라. 헌옷 입은 아이들이 추위를 못 이기어 벌벌 떨며 방황커늘, 물 긷는 부녀들이

아무 속도 모르고,

「이애들, 추운데 왜 글방으로 들어 가지않고 떠느냐.」

저 아이들 대답하되,

「여보시오. 남의 속 모르는 말 삼가시오. 저 건너 아무 집 과부가 우리 선생님과 백년 가약 맺은 후에 황혼이면 건너 오고 새벽이면 건너 가는 지 의구한데, 오늘은 아직까지 우리 사모님이 건너 가지 않았으니, 신정미흡 잠 자는 데 어찌 감히 들어가오.」

저 부녀들 감짝 놀라 하는 말이,

「이애들, 거 무슨 말이냐. 그 댁의 마음이 빙설같아 전후 행동 보게 되면 미구에 열녀문을 세울 터인데 그럴리가 있겠느냐. 그런 말 다시 마라. 만일 그 부인네 귀에 들어가면 너희들 큰 야단 만나리라.」

저 아이들 대답하되,

「세상만사는 보지 않으면 다 저렇게 거짓말로 들리겠다. 좀 있으면 볼 터인데 어찌 거짓말을 한단 말이오.」

하더니. 한 아이가 뒤로 가서 봉쇄하였던 문을 열어 놓고 일제히 문안하며

「사모님, 안녕히 주무셨읍니까. 우리 말 들었으면 이 지경 되지 않았지요, 선생님 계시다고 똑바로 일러 드려도 기어이 따라 오셨으니 그렇게 알으시면 우리 사모님 되지 못하겠삽더이까.」

저 과부 분기탱천하여 아이들 책망할 묘리도 없고, 길에 나가도 부끄러운 줄 모르고 문을 열어 놓은 것만 다행하여 불고염치 건너갈 제, 짓궂은 아이들 동리 여인 대하여서,

「자 보시오. 우리 거짓말 하였소.」

일동 남녀가 다 말하기를.

「측량키 어려운 것은 사람의 마음이로다. 그 과부의 변심될 줄 뉘 알리오.」

가련타, 저 과부는 변명할 계책은 없고 모진 목숨이 죽을 수도 없는지라. 좌우지인이 사리에 어찌할 수 없는 이유로 중매하여 과연 그 선생, 그 선생과 부부되기를 권면한데.

저 과부 생각하되, 죽자하나 인생이 거연히 죽을 수도 없고 그 선생과 살자하니 몇몇 해 수절하던 성심이 허락 아니할지라. 그러하나 내 마음은 청백한 것만은 일동이소공지하는 누명을 씻을 수 없는즉, 불가불 뜻을 고쳐 그 선생과 부부되어 유자식 하고 내외화락하여 사는데, 처음에는 학동을 미워하더니, 나중에는 도리어 은인으로 알고 항상 하는 말이,

「하늘이 생기심에 음양이 판단되었고 사람을 내심에 남녀를 분하여 사나이 일인이 여자 일인으로 배합하는 것은 곧 천지음양의 도를 응함이라. 어찌 짝 없는 물건이 있으며 남녀 합하지 않는 사람이 있으리오. 세상 사람에게 권고 하노니, 남자의 사정은 자세히 알 수 없거니와 여자로서 짝이 없이 규중에 홀로 늙는 것은 천도를 어길뿐더러 집안에 화기를 손상하는 것이오. 시집 안 화기만 손상할 뿐더러 전국 화기를 손상 함이로다. 선병자의원으로 물을 건너 본 사람이야 심천을 아나니, 과부되어 수절한다는 사상을 그 뉘라서 짐작하리. 과부 된 자의 부형들이여, 감히 생각들 할진저.」

하고 봉인설화 하였다더라.

(帝國新聞· 光武 10년 7월)

● 저자 ●

이재선(李在銑)　서울대학교 국문학과 및 동 대학원 졸업
　　　　　　　영남대학교 대학원(문학박사) 졸업
　　　　　　　미국 하버드대 동아시아 언어문화학과 객원교수,
　　　　　　　서강대학교 출판부 부장, 문과대학 학장 등을 역임
　　　　　　　현재 현대문학연구회 이사이자 서강대학교 국문학과 교수
　　　　　　　출판문화상 저작상(한국일보), 대한민국문학상(문예진흥원) 수상

　　　　　　　저서로는
　　　　　　　『문학의 이론』(공저)
　　　　　　　『한국개화기소설연구』(일조각)
　　　　　　　『한국단편소설연구』(일조각)
　　　　　　　『한국현대소설사』(홍성사)
　　　　　　　『현대한국소설사』(민음사)
　　　　　　　『한국문학의 해석』(새문사)
　　　　　　　『한국문학의 비평』(새문사)
　　　　　　　『우리문학은 어디서 왔는가, 한국문학주제론』(서강대 출판부)
　　　　　　　『한국문학의 원근법』(민음사)
　　　　　　　『문학주제학이란 무엇인가』(민음사)
　　　　　　　『한국소설사, 근현대편』(민음사) 등

韓末의 新聞小說

● 발행일	2001년 11월 30일
● 2 쇄	2003년 06월 30일
● 지은이	이재선
● 펴낸이	채종준
● 펴낸곳	한국학술정보(주)
	경기도 파주시 교하읍 문발리 파주출판문화정보산업단지 538-2
	전화 031) 908-3181(대표) · 팩스 031) 908-3189
	홈페이지 http://www.kstudy.com
	e-mail (e-Book 사업부) ebook@kstudy.com
● 등 록	제일산-115호(2000. 6. 19)
● 가 격	10,000원

ISBN　89-534-0405-3　93810　(Paper Book)
　　　　89-534-0406-1　98810　(e-Book)